U0141479

鏡子裡的那人

葉相君——著

獻給Arvo Pärt

館長序／以生命為題材，創作出動容的文學作品

——「一一三年後山文學年度新人獎」得獎作品專輯

國立臺東生活美學館館長
徐敍國

花蓮與臺東，這片被山海擁抱的土地，不僅是自然景觀的寶庫，更是一方滋養創作的沃土。從原住民的傳統故事，到漁村的歲月流轉，再到隱匿在山林間的無聲詩篇，這裡的每一個角落，都蘊藏著無窮的故事與情感，這片土地不僅見證了無數人的生命軌跡，也激發了一代又一代文學創作者的靈感與筆觸。本屆投稿的稿件中，主題明確、內容多樣，且具豐富的創意，兼具文字駕馭技巧之作，可看出參賽者們的潛力與深度，在參賽作品中難以分出軒

輕，從中脫穎而出實屬不易。

葉相君《鏡子裡的那人》新詩作品優美富有音樂感，結合音樂元素與視覺意象，為作品賦予新穎的形式與內容，在詩作中探討人性與情感的複雜性，對孤獨、追尋與失落的主題進行細緻的思考，增強作品的哲學深度。

曾稔育《歉木林》散文創作集，作品中表現出對臺灣當今的經濟發展，例如城鄉差距導致許多年輕人離開故鄉、漂泊各地，找不到種子深耕的地方。評審們一致認為作品完整度高，內容感動人心、在閱讀時能從中感覺到作者情感的張力，書寫二〇〇〇年後青年世代共同面對的問題，具有時代性。

本館由衷感謝「一一三年後山文學年度新人獎」五位專業評審委員：向陽、宇文正、阿潑、洪瓊君及楊翠，以兼具感性和理性的專業眼光，審慎遴選出今年的得獎作品，共同提攜花東在地書寫人才，創造屬於東部獨特的文學特色，在此向無私付出的評審們致上無限的謝意與敬意。

期許每一位潛在的文學新人們繼續書寫更多屬於這片土地的故事，持續以生命經驗為基底，透過文字書寫，覺察自身和周遭，並嘗試不同寫作語言或表現型式，開拓後山文學更寬廣的道路，也讓臺灣其他地方的讀者能藉由閱讀，領略東部的美麗面貌。

推薦序／我總學著做一個純粹的人——與相君《鏡子裡的那人》悄悄對話

張寶云
東華大學華文系副教授

有時我們的靈魂像是被禁錮在某些封包的時光中，儘管外面是世界大戰、疫情橫流、是各種碎片化訊息組建的網絡織花開闔，我們只能和自己的呼息緊密貼合在一起，「吐納那些可及與不可及的音符」——如同詩人方旗的句子。是誰在遙遠地指揮我們的意志魂魄？孤單單地站在人群的洪流之中，卻只能止步於一己的方寸之地。

有時我懷疑是否會有人並未完全忘情於她的前世，她此世的生活是否正有意無意地在仿擬她前世未能完全徹底執行的意念、生活、她敘事的腔調、情感模式以及她的服裝、髮型、氣味？於是此世的一切是永不能過度投入的，永遠要隔著距離去看待的？甚至於當下的人事物都是虛渺的？她活在18、19世紀暗灰色天候的冬季歐洲嗎？以至於她會留意到大量的古典樂曲？如果可能的話，當你翻開這本詩集的任一首詩，你可以對照書末的音樂清單，點開樂曲並搭配詩行去體驗她內在的浮動時空。

相君出現在我的課堂的時候，是一個尚在適應志學創作氣氛的轉學生，很快地我發現她不只要適應新大學的生活，她同時也一直在適應21世紀的地球生活，關於有些人類為什麼活得如此複雜敗壞，我以為她有一段時間是很難理解的，因為她總是以她純粹的眼光去看向外界，她會說：

瑪利亞
今年我不去見你。
為此我將泣不成聲
我時將去
人事已非

我已無再尋求至上
這已非我所求

入睡的
冬季，聖詩，玫瑰
我低頭看進
無玷的
犧牲，苦難，景象
執迷於人世
默存於此地

——〈我背對他，因他愛我〉

她似乎因此不得不活在神性與人性的邊界徘徊著、喟嘆著、失落著、哀戚著，尤其「戀」一的試煉來襲時，這份純粹像是進退維谷地和人性的各種角度迂迴盤曲著，做為讀者將大量滑行過那些沾帶著細密情思的語句：

以指尖反覆撫觸光下漫長的身軀
精準落入星空的寒冷音色
為速度謄寫的地址，是你
你是意識裡和弦的稜鏡
指腹緩緩舒展肢體，生澀凝結
停留於淚水廝磨，緩衝的靜默
別問我彈奏你的意義

當單音敲響午夜的愛沙尼亞
不斷重覆向你湧去的語言
你該知道我是陌生的島嶼
將漸弱於潮汐，慢慢變得更古老

更讓你感到徬徨
好像一種倒裝的語法遠行
忘了故鄉，忘了你

——〈戀的十四行啟蒙
——致阿福・佩爾特《鏡中鏡》〉

藉由樂音繞行彈動的線條鋪陳，芭蕾女伶一直在舞台上低訴心之衷曲，觸處可及的古典鋼琴曲式將貫串鏡中映射的疊影，「你」或「他」終將冰冷而遙不可及，被壓抑的情感將不能傾心交付，內在永處於低迴擺盪的晃動之中，仿若我們每個人自身某段秘戀的情感經歷，「久久而不得成熟的猶豫」，黃荷生的句子告訴我們那是十八歲的觸覺生活，尚未被爛熟的世界所揭露的生活。

於是整冊詩集形成一部少女心事般的老電影，你走進來坐下，眼前的句子、場景都像是懷著憾事，在等待、在想望，在聖殿教堂中低頭祈禱的她、聽著樂音的她，以及喃喃自語的她，在她編織寫就的國度裡，青鳥已然離去，伊甸園裡的亞當若即若離。18、19世紀的女子來到21世紀的地球，她像是從古典浪漫的世界走出來，渾不知街頭來往的聲響代表什麼意思，她沉浸在她的音符裡。

為了再一次遇見
記住他，低迴不已的水流
由輕淺至深處激盪
來自遠空之箭穿入石縫
水仙瀑布般遍滿山坡
我身猶如月桂
只為他撐開雙翅，為他加冕
當他來到岸邊屈膝
波紋透視我寡言靈魂，銀鈴之眼
那發亮棕髮、淨白肌膚

柔軟如孩子的額頭
使萬物無止盡地流溢
午後豔陽照射在他熟睡的面頰
醫治人間所有腐朽與疾苦
宛若神所差遣的牧羊人

——〈倘若再給我三天光明——To Louisa〉

最終或許我們將念及蓉子、林泠、朵思、敻虹、席幕蓉等諸位前行代女詩人的情詩譜系，思索女性對情愛的想像、體驗、意蘊，那些天真的遐想、未知的領地、纏綿幽深的韻致、求而不得的渴待，都像是早已與相君詩作中的戀慕情懷，銜接參照似地在抒情詩的世界裡共振迴盪著。

推薦序／

從奇異點迸發的宇宙漣漪

楊翠

東華大學華文系教授

一個人與詩的初遇，有如在生命田土埋下神秘種子，你知道它終將萌芽，但永遠無法預知它會開出什麼樣的花。這本身，就是一首最奇詭的詩作。

相君正是如此。童年在冰雪場域的那一場遊戲，人造雪花漫天落下，成為她「有記憶以來第一次感受到詩意的瞬間」，與此同時，人造雪所營造的「真實與擬造」的雙面性／雙義性，也都從這個詩意的瞬間植根靈魂深處，成為她詩意騷動的母源，如她所說：「文字裡所有關於雪的意象，或許源自於一種見到真正的雪的渴望。」

對相君而言，那場冰雪遊戲，有如宇宙的時空奇異點，體積無限小，密度無限大，蓄含無限能量，是宇宙大爆炸前的初始點，它蓄積詩泉，終而迸發一整片燦麗星空，成就了《鏡子裡的那人》這本詩集。

《鏡子裡的那人》分成四章，寫愛情，寫戰爭，寫生命存在、愛情追索、宗教思辨，以及主體的返身自視。詩語澄澈乾淨，感官知覺空間的營造豐盈，純熟調度聲音、顏色、溫度的意象反差，使詩作中蘊藉著獨特的音樂性與畫面感，許多詩作甚至有蒙太奇般的微電影感。

其中，「雪」與「鏡子」的意象最鮮明，既貫串又發散，不只是真實與擬造，還有光明與黑暗、冰涼與溫潤、存活與死亡，甚至是自我與自我、自我與愛戀他者，都從這個奇異點迸發，擴延成無邊無際的宇宙漣漪。

《鏡子裡的那人》中，「雪」的意象紛繁，而它的核心叩問則是虛景與實像的雙義性／歧義性。如〈昨天的雪的歌〉裡，一場深雪，背影沒失，昨日彷彿未曾存有；〈練聲曲〉中，雪花是一切的烏有虛像；〈觸動〉中，情慾在雪中飄搖，雪花附著於倒影上，雪與愛情，皆如背景與道具；〈成為女人〉裡，以「雪花似的塵灰」演繹情愛終將散盡；在幾首書寫俄烏戰爭的詩作中，如〈黑鳥——給主席先生〉、〈Pavane for a Dead Princess〉，廣大的雪域既是戰爭的現場，也是苦痛的見證，甚至就是創傷主體本身。

更多時候，「雪」是一個樹洞，埋藏詩人的記憶與秘密，但又不僅止於此，詩人有時借位於雪，使它既是聆聽者，也是說話的那個人。這些記憶，經常都是雙面的，喜與痛，得與失，愛與不愛，存在與消亡，真實與虛像，有如攬鏡時所見的鏡像，次次不同。

「雪」的意象與詩題的「鏡面」交織互襯，樹洞中還有樹洞，形成更繁複的意義之網。如〈D-Day〉以「父親的眼裡有深淵，有飄雪」點出父親的雙重臉容，以及纏結的父女關係；〈窗邊的女人〉裡落不盡的雪，以及玻璃窗與畫作的畫面，都充滿鏡面的意象；〈白日夢〉、〈無論我如何啜泣，一張鏡子〉與〈玻璃花〉，更是以薄雪與鏡面，書寫青春的蒼老、愛情的消亡、光與影的糾纏。

由此，我們得以深入《鏡子裡的那人》中「雪」與「鏡面」這一個雙重樹洞的最核心，那正是相君童年那一片雪域遊戲場，那個詩人宇宙的奇異點，那個因為虛實難分所以充滿各種曖昧可能的原初。就如〈祈禱〉裡所寫的，雖然沒有親眼看過真正的雪，但能摸得著，能想像得到，那蓄積著愛意的晨雨是多麼美麗。

展讀《鏡子裡的那人》，感受到相君以「雪」與「鏡子」所展開的外部關懷與內面思考，在青年詩人中是如此美好的存在。祈願相君永遠守護這一片雪，這一方鏡面，這一處詩人的宇宙奇異點，期待她下一次的星空迸現。

推薦短語

詩集以鏡子為發想，創造出互相折射，多重倒影的迷宮。詩歌如鏡中映射的另一面自我，呈現出詩人沉思後所捕捉的轉瞬的愛情、閃現的回憶，以及絕境下的孤寂，模糊夢境與現實的邊界。詩集融合音樂、文學、宗教等元素，以細膩的筆觸落雪般輕盈直抵人心，使人思索那些未說出口的故事和隱藏心底的夢想。詩句不僅回應詩人的內心世界，更觸動每個曾在靜謐中凝視自我的人。

——詩人　利文祺

鏡將世界一分為二，而葉相君憑詩之力飛天遁地，由己及人——換言之，鏡是現實的飛地，鏡中人是自我的顛倒或延伸。同時，鏡的無中生有也每每使人心生恍惚：慾望與絕望，清醒與陷溺……當一切呈雙倍之勢繁衍輻輳，詩猶如一只遙遠的眼睛，定定地收攝全景。

——詩人　栩栩

納西瑟斯著迷水中的倒影，不斷消瘦最後成為水仙；回聲女神愛而不得，化為山壁，只能反射聲音。受詩號召的年輕的心起初要麼是自戀的，要麼是失戀的，卻透過提筆寫詩——持續性的身心錘鍊——竟得以稍稍脫離肉體愁城，在思想上觸碰難得的自由，剎那成為詩人，相君的詩是從生命中提取的花香與淚珠。

——詩人　陳怡安

序言

“A，夢境

經常感到無可抑制，一些詩意，使人失神的一瞬，它永不凋，而我會啜泣。例如照鏡子時，我被自己的面容打動，一旦映照在他者眼中，它將扭曲，這經常是無解的，如雪，雖未曾見，始終宿命，思慮至今，但為君故。可能，這是我一世命題，對致命而美的追尋，也為此忌妒、絕望，狂喜，也曾徬徨，更曾恐懼於恆久無法被待見。流過花樣年華，到了將落欲墜之際，載浮載沉，隨人湧，隨歲盡，偶然驚鴻一瞥，只因雙眼迷離。

我愛過一些人，也為此在夜深人靜時低頭寫詩，從二十歲開始寫詩至今，他們始終在我生命中缺席，卻是我的些微心意。這可能並非對話，而是喃喃自語。他們使我想起一些可能尋死的場景，並且反覆召喚，於我，時間往往停留在那些囈語，而非順勢往前，我以為甘美，實際上是苦的。人群的冷漠，擁擠的交際，現實往往比夢境更耐人尋味，更加艱難困苦。是這些殘影迫使我往前。這些破碎的臉容。

軌道。窗戶。風聲。也許這些是往返，但不是足夠的咀嚼，割裂我的所有記憶。為了回應，我記載，抄寫，刪修，儘管如此，不必聲張。我沒有多餘的話語，在詩裡，卻在詩之外。自寫詩以來，種種遺憾，與落寞，皆得以傾吐，但也因為藏得過深，以致朦朧。憂慮、困惑、不得志，是我在愛情之中最抑鬱的情緒，不知為何，有幸成詩。

有時，他們觸動我，有時，我夢見他們。例如，他西裝筆挺，談話的時候，使我想起一些西洋畫作，也許是印象畫派，抑或是巴洛克繪畫；或是初次遇見他，在書店，而我準備轉學考試，送給他金平糖，使我想起坂本龍一彈鋼琴的狀態；又或者，愛沙尼亞的作曲家，以及曲目是蕭邦離別曲的音樂盒，使我的命運開展。電影影像，古典樂，英詩，一些曾經的啟蒙深刻影響了我的創作，以及迴盪，飄搖其中。

誰也沒有告訴我，他愛過我，可能如此，是最好的結局。令我最深詫異的是，有一天，我竟與詩相會，儘管我可能不會在此處，我可能會遠遠地觀看，遠遠地走開。也許是因為詩，我才懂得愛。降雨的時刻，光照的時刻，歡笑的時刻，哭泣的時刻，他的愛不屬我。直到有一天，我可能會在任何地方，或在原處，回憶起這些倥傯歲月，不知是何等心境。

假如我的詩歌足以被稱作藝術，願它成為凋零的美人。無論如何被觀看，看似有距離，實質在眼前，看不見它極美的剎那，卻使觀者為之傾倒。假如那樣，我將十足的高興起來，即便這世上從不缺少美的事物，被發現的那雙眼睛，也是充盈了喜悅與新知。假如這是一個純真年代，我會感到如此值得，更加深我的踏實，因為詩歌的心靈沒有亂世，唯有被辜負的愛情。

但無論深夜抑或白晝，我心有一處杳無人煙的所在，未被謄寫，而我很確信，那處留予現實。在現實生活之中，我擁有此生摯愛，儘管毫不留情，詩歌畢竟足以矯飾，願我不遺忘自我真實的樣貌。面容與心境相互對應，詩歌與本真自然流動，不等待不屬我的，遺憾才是本該存有的歷練。攬鏡自照，無論浮現何者，願我從容以赴，與所愛者恍若初見。

“B，書寫

寫詩之於我，猶如琴鍵之於鋼琴家，童年的我曾在大雪紛飛的場域裡遊戲，回想起來，那時的我因穿著單薄而渾身顫抖。不僅是因為冷，或許也因為第一次在那樣密閉且漆黑的空間裡，感受到疏離，有些地方有光，左前方有一個滑冰道，而我所觸及的皆是冰，仿若被安徒生童話裡的冰雪女王一吻，忘記了所有事情，明亮的全變成了黑暗。呼息、吐氣，我伸手觸摸上空落下的雪絮，如剝落了一小片肌膚。母親後來和我說，那些冰涼的結晶是人造雪，這讓我感受到震驚，我曾以為的真實竟是一種真實的再造，那些明亮與黑暗甚至讓我有一種置身宮殿的錯覺，雪，彷彿一盞盞水晶吊燈，幽微地存在，我想，這是我有記憶以來第一次感受到詩意的瞬間。而今回想起來，文字裡所有關於雪的意象，或許源自於一種見到真正的雪的渴望，我反覆構築那樣的場景以呼應我自身的生命，即便顯得孤獨無比。

人世間的無情也許是一種詩意。我經常在愛與被愛的冰封世界裡打轉，面對可能的戀人，所有來自於他們的傷害，使我感受到愛情恍若一場遊戲，而我總是留戀於當中的溫存，即便對方最終選擇無情。正如《冰雪女王》裡故事的開頭，魔鬼做出了顛倒黑白的鏡子，美麗的事物只要被這鏡子一照，就變成最醜陋的，就在魔鬼快到達天國時，鏡子摔碎了，附著在所觸及的事物上，飛進人眼睛裡的看什麼都不順眼，鑽進心裡的，心變得冷冰冰的。而對我來說，這面鏡子的碎片，在我的世界裡，象徵著人性的現實。對方所有的冷落以及無情的判斷，源自於主觀價值的衡量，而我為那些曾愛過的人寫的詩，往往在這份感觸結束之後，變成一種近似於童話故事，卻沒有成為現實的美麗結局。這樣沒有開始，更遑論結果的暗戀，我以詩將他們的身影留在我的生命中，留下一種曾經的、情感的輝煌史。

研究所時期，我閱讀了許多簡體字的翻譯詩，多數來自中國的出版社，也找到了幾位影響我的重要詩人，我著迷於那些詩的聲腔、色澤、氣味以及歷練。和指導教授的互動過程，也像是一種近似於宗教層次，朝向靈性的推演，當時我去找教授談論作品，相談甚歡，得到了一顆螢石（Fluorite）。教授讓我在一堆石頭裡抉擇，我在第一眼就看見它，喜歡上了。教授說：「綠色對應的是心輪。」在梵文裡，心輪（Anahata）意即「沒有兩物相擊的聲響」，被理解為「與世界交往而不受傷」。拿回家後，想到的是，它像是一滴眼淚的瀅瀅之光。或許詩人是善感的，我也是個易落淚的人，多數時刻我想把淚水隱藏起來，卻在喜歡的人面前並不避諱，我時常覺著生命與生命之間好像是一種展示，也像是一種相互吸引。這或許是一種頓悟（Epiphany，「顯化，驚人的出現」），倘若決心成為一位詩人是種頓悟，恍若一種「茅塞頓開」的愛，當這份無可言說的愛，不再只是孑然的、純粹的孤寂，它多了幾分煙火味，動了凡心，這樣的情感，除了你我之間，卻也看不見世俗的其他人。

若將「想成為詩人」的交談層次提高，我會成為什麼樣的詩人？我想到的是「啟蒙」時代，那是在 17 世紀與 18 世紀的交界處，人類對於理性知識的相信與變革，德意志哲學家康德（Immanuel Kant, 1724-1804）提出了「敢於求知」的精神，稱啟蒙運動為「讓光明照亮人類思想的黑暗角落」，除了宗教與感性，求知慾將引領人類的世紀走向何方？因此我於大學時期寫下了一首詩作為開端，那是一首在校內文學詩獎沒有得獎的一首詩，那奠定了我寫詩的開端，使我持之以恆。它讓我想起落選者沙龍（Salon des Refusés），它同時啟發了莫內，啟發了印象畫派。我是否能突破當前時代的桎梏，又或者我的詩不過是過眼雲煙，這些我無可定奪，詩寫下來以後，往往是評論家的筆，劃分且詮釋了整個世紀。

“C，戀人

詩集《鏡子裡的那人》（*The Man in the Mirror*），啟發自 20 世紀愛沙尼亞作曲家阿福．佩爾特（Arvo Pärt, 1935-）的創作，自從寫出了這本詩集裡的第一首詩之後，我產生了創作一本音樂詩集的構想。因為對一首古典音樂有所感受與觸動時，依當時對愛戀對象的情境與感受，我會寫下一首詩，每一首詩都有一首相互對應的曲子。

假設我正照著一面鏡子，那可能是一面全身鏡或是一面圓鏡，當我望著鏡子裡的自己，我看見的不只是自我，可能還包含著意識裡的愛戀對象，愛戀對象歷經了時間與空間的流轉，可能呈現不同的人像，當我試圖觸及那一面鏡，伸出指尖，嘗試觸摸鏡面之際，觸碰到的卻只是鏡面。此刻多麼荒謬，卻也魔幻，鏡子裡的那人，像水光，像雨霧，我彷彿看不見自己，卻又說不出對象的模樣，他彷彿存在於我的意識裡，而我藉由自己的視角與體悟，重構對方的影像。若說這是一場獻祭，這是一本獻給這些音樂家，同時也獻給記憶的詩集。

我在使用詩語言的乾淨、明亮與含蓄等特性，再加上慣用的敘事手法，形成我獨有的一種聲腔，往往在下筆時，這些文字像是由空白逐漸顯形，當我意識到字裡行間的內蘊時，詩集的脈絡逐漸明朗開來。

第一章「水光」分別乘載了我對於愛戀對象的嚮往以及記憶與童年時期的美好，那些不可明說的愛戀對象，柏拉圖式的、精神性的投射，如在異鄉，它們讓我想起瑪格麗特·莒哈絲（Marguerite Duras, 1914-1996）或是希薇亞·普拉斯（Sylvia Plath, 1932-1963）具有強烈自傳性質的作品，被犧牲的、無法得到的，無論真實生命抑或創作，無論愛戀實踐與否，都是一場肅穆、令人漠然的悲劇。

第二章「鏡像」具有戰爭事件與反戰意識，囊括戰爭的思考，對於現實中政治的影射，隱含眾多國家以及所處位置的歷史，具有二戰時期的影子。隔著一扇又一扇的玻璃窗，看我所處的位置，被我所處的時空錯過的、一次又一次的重大事件。我想起一部法國紀錄片《五角大廈的第六面》（*The Sixth Side of the Pentagon*, 1968），由克里斯・馬克和弗朗索瓦・賴興巴赫所執導，也想起《尤利西斯的凝視》（*To Vlemma Tou Odyssea*, 1995），由希臘導演狄奧・安哲羅普洛斯所拍攝。也許世界上真有個更高的位置，透過玻璃窗觀看我們的一生。

第三章「天空」宗教與反叛精神，我開始從遠方觀看肉身，在基督宗教觀裡，我彷彿一口氣被吹入花裡，神給予我自由意志與此生生命，感受祂的博愛，我也相信輪迴，前世今生，同時是《流浪者之歌》（*Siddhartha*, 1922）裡的悉達多，種種因果我必須親自走過、經歷與內省。在一些鳥聲和耳語之間，在大時代的命題與大敘事的韜養之中，歷經仁慈，宿命，以及此生的不可解。我仍會抉擇，步上一條坎坷的路途。有時在不能愛的所愛面前，我察覺自己像是《刺鳥》（*The Thorn Birds*, 1977）裡的梅姬，投降於宏大的歷史長河前，收斂眉目。

第四章「那人」經歷了反覆的錯身，如同電影《沉靜如海》（*Le Silence de la Mer*, 2004）裡頭的那些暗潮，隱藏著難以言說的情感，平靜無聲，百轉千迴而嘆息，也像是電影

《純真年代》（*The Age of Innocence*, 1993）在理想的愛情與現實社會的觀感之間拉鋸，令人不自覺地沉浸與啜泣。我向著所敘述的對象朝聖，敬畏的情感，以及懷揣著恐懼無法超脫之心，往鏡子裡的人靠攏，只為求得一絲道別之後的溫度。

“D，獻詩

〈後悔——給舊時代〉

愛是夜色中的習慣，選擇與可能
即便半點聲響也無，卻知道他就在那裡
我聽著聽不見的響聲去遺忘
初醒時雙眼浮腫宛若時光仍舊
害怕沉默的片刻下一秒即刻喧囂
而我已無從後悔，我並不知道他是誰
也許此夜唯獨一架老鋼琴的回音

大海以無數種形式回歸彼岸
死了又死，心思雀躍不已，入睡
我內心空曠無比，如鷗鳥入港
琴鍵緩慢爬升卻無處停泊
他啊，又該如何陳述光明中的冰冷
拍在臉上，堵在心間，掛在眼角
像他這樣的人說著愛字也許是難為
我看著看不見的戀人去甦醒
死亡是已知的，請告訴我他也是愛的
永恆地盼著卻刻意地疏遠了他
我選擇一種可能，不是迴避
而是冰冷的淚習慣在他面前流下
這感覺徹骨地痛，結在眼底的陰翳
我已不可能回頭去走，長夜漫漫

假如這份情感無可收拾如一捲膠片
曝光在白晝的光芒萬丈之間
他是否如昔，是否，我將如初見
沒有任何的影子阻隔在日光前
扇動著海水與淚滴，永遠不可捉摸
他在那裡嗎，溫聲細語地說愛
而我已經不知該如何沉默。

2023.09.04

〈他心如詩如歌——給尚存的人們〉

我靜靜地看他
樹影，黎明，移動

時間像天鵝一樣搖曳
間隙駛離道路
側影，緩慢，翅膀
模糊的腳步沒有想法
他是輕擦過地表的聲音
我對於寂靜的渴望
只有在仰望片刻
追尋著無止盡的詩歌
假如他正巧沒說話
那比瞬間的舉止更美
將凝視移往別處
我靜靜地看他

2024.07.12

目次

第二章 鏡像

第三章　天空

第四章　那人

第一章

水光

前夕

昨夜我夢見暴雨先你而至
於額前吻下狂亂
甦醒後那氣味氤氳不散
歐薄荷與甘草根猶浸泡杯底
近乎赤裸地糾纏
你宛若未聞之花在寒風中顫慄
響聲卻甚微
我夢見，你背脊山巒般
傾墜於我雲霧的胸口
神情迷離如困獸

晨禱後
我沉浸於純淨的禱詞
厚重而烏黑的雲層佈滿天際
雨水隨時將落
我的眼睛一望見你
便無法負重
彼此都知曉乾硬大地
垂盼著突如的暴雨
即便我曾承諾
不再為了你而動搖

這次會面
我們誰也不宣揚
四野蒼茫、月色抑鬱

你若有所思
神態淡漠彷彿一尊雕像
我閉上眼睛祈求暴雨靜止
卻聽見靈魂的索求
願為你染上苦痛與磨難
銀灰色的鴿子遲遲未振翅
窒息之前
我不提及別離

2019.09.30

尋他

一條注定的陌路
雨在城中，城在雨裡
我逐步走向他
飄飄蕩蕩的雨城
嘗試拋卻執念但只要仍在
絕無法忘懷

我不尋他
這一條注定孤寂的末路
每踩一步，即忘一步

雨滴答滴答地墜
光絲刺痛雙眼但仍舊
得以喘息

長路漫漫、慢慢走向我
稀稀疏疏的雨水
他是，是他
一場雨淹沒整座城
我消失在末端
再無人尋

2020.03.31

昨天的雪的歌*

昨天那雪瀕臨五月的城，抵達以前
（在道路的盡頭）我感受它近乎抑制地哭泣
且不斷飄飛，夏日靜到了極致

冰晶，一首輓歌，水之盈缺
壓花玻璃窗上結滿空的蛛網
晚間流火的領土已然不可收復
零星行人趁著闌珊夜色
自我面前從容走過，循著方位
石橋上，遠處層巒光絲浮動

或許是因著天將破曉，它失去隱匿的稜線
它已然融盡化為書頁上水痕，昨天
當我仰望漫天爛然筆墨
耳邊突如傳來字跡的響動，恍若尚有
雪，哭泣著垂墜地表的聲音
延續夢境無法消亡，卻凋零的命脈

當所有未知物事皆紛紛遠離，寒風步向今日
無意掉入懷中的落葉，一種夢囈似
水的漣漪，它正承受感官細微變幻的形狀
清晨那雪在足下遍地復燃，但凡曾經被抹滅
漫漶的記憶，終於如此停佇在玻璃窗前
於那你與我暫態共存的雪線之上
完整覆蓋未發的遐想

在那裡只有純然的情愫，緩慢地降
五月的道路盡頭，你的背影沒入深雪裡
直至消失，它不再只是抑制地哭泣
彷彿未曾存有的昨天，一場飄雪
人們不自覺地深陷那城的五月
恍惚間共同抵達了臨界點

2020.05.31

＊詩題取自楊牧的詩作〈昨天的雪的歌〉，且向前輩詩人致敬。

花絲

雨水有夢，浮貼於玻璃窗
指節如藤蔓糾纏玫瑰
七月的清晨像極了受傷的孩子
當旋律混合著泥濘
你卻低聲說疼痛比死亡純粹
荊棘鳥尚未斷息
我撥開陽光笑著看你
但你頭也不回

哀傷像寧靜的夏夜

不願包紮，只想伏在枕頭裡
我無聲地推開窗
讓七月的清晨灑進屋內
等待冷風和熱浪吹乾髮絲
而後思念遲遲地睡去

夢裡我總是望著你的背影
或隔著窗，或追不上
但我總學著做一個純粹的人
譬如七月的清晨
捧著琴譜走在陽光下
掩飾手中的傷
琴鍵潔白得有如鳥羽

你的指尖撫摩著玫瑰花瓣
荊棘鳥終於放棄了疼痛
轉向烈日獻上微笑
陽光下，我將雙手伸向天空
試著擋住七月清晨的雨水
受傷的孩子哭泣著
而你未曾回頭

2020.07.14

止於癡迷

請允我否定您的存有，以赤誠
在您舉手投足間，冬日之光如身形褪色
雨滴宛若珍珠細緻地閃耀
夜幕低垂，擦拭星斗，水晶吊燈
這些一成不變的物事皆無法阻礙思想
但凝望，總在冉冉飛升的玻璃窗上盤旋
想像您嘆息，而後闔上眼睛
不願時光因著心的顫動而流瀉
日將盡，我那猶疑不定的信心早消磨殆盡
您仍不倦地與黝暗的陰影搏鬥

我怎能捨棄夜晚，虛構華而不實的夢境
僅只懷抱著貪戀歸向死寂

而今我一無所有，同時如此盲目
浮泛在鏡面、湖水抑或發亮的天際
從不為渺遠與不可測而哀愁
使思念馳騁於忘我的驕矜國度
您甦醒了，以一抹無瑕的笑靨疏離我
彷彿犯下纖罪的稚子，毫無理由
配得拒絕您至高無上的寬恕
裝作漫不在乎地鬆開手

我迷失了，在淚眼迅即垂墜之淵
以致毫無可戀地生存，將想望寄於遺忘

您的話語像鳥聲湧溢晨間
苞蕾般極力地呼吸，畢竟難以觸及
放棄掙扎，無論您是否坦承
當切慕只在磨難時加劇

您之於我，僅止於此，何等敬畏
時光無與倫比，我們不復當年

2021.01.14

練聲曲

沒有記憶、沒有聲音
失去你對我而言毫無意義
雪花，轉身自高空飄墜下來
不著痕跡地粉碎、不曾有靈魂
清晨睜開眼睛，與誰相見
練習不思考、不去道別
抹去不為人知的過往
遺留髒的大地

光亮在我們之間凝結

模糊的風、枯枝的輪廓
似乎正嘲諷人的無知
黑的月亮一手遮天
無人是乾淨的，像髒的雪
睜著眼睛任人踐踏

我轉身墜下，無人看見
焰火在空中飛舞、流連忘返
為了生存而不擇手段
融雪後，你將不認得我
死了、深埋了、被遺忘了
盲的眼睛裡有不可見的陰影
我所不知曉的靈魂，髒的
在大地上掙扎、求饒

帶刺、粗糙、一塵不染的雪
不斷墜落，繼續蒙蔽眼睛
我們仍以靈魂承接，證明彼此
與髒並存，以救贖自己
每當失去意義，過往的那人
又將再次回來訣別

2021.02.17

消亡

當我年輕的時候，遇見
或可稱為夢寐以求的戀人
他止於一種妄求
而後，我們逐漸迷惘
成為巨大的真實，以無名之火
清醒之後，一些慾望
像冰分崩離析、在裡面
最後，兩敗俱傷
但我們仍嘗到了它

2021.06.26

Vater Unser

霧的早晨、聲音像水灌進耳際
父親佇立門外，彷彿來了許久、直到
白芒與牛隻穿過長的道路
那是在十一月，一望無際的草地
被我的掌心劃過、隨雨殘留、我醒來
像一隻無家可歸的狗，渾身濕透
昨夜夢裡有雙眼睛，彷彿尚未遠去
沒有憐憫，也沒有試探，更無
戀人火柴般冷漠的神情

我經常坐在草地上、不說話
撥弄頭髮，等待天空的裂縫加深
那個不愛我的男人，臉上發光
對著我微笑，他說：我在這、醒著
我同時感到冷與赤裸，想起他
那種暈眩與痲痺，我撥弄窗外雨滴
試著親吻，當光線照在他的臉上
黑夜的樹林，輝煌的慾望
飄搖在萬千道路的盡頭

父親和男人，他們從不相識
我攀上他們的肩頭，不同以往
他們喚我下來，告訴我一個故事
那是在無法歸家的二月、變成廢墟

我無法自拔地，疾馳在田野
鳥群被風吹落、追趕著年幼的我
稻穀像髮絲牽動雨的線條
分不清眼前是哪條路，陌生人說
他愛我勝過明天、而後我睡了過去

那一場夢境異常偏遠，比溪流
更動盪的故事，在冰冷的荒島重溫
反覆經歷戰亂、離散與生之荒涼
百孔千瘡，他們向我描述一場暴雨
早在出生以前，奪走世代的記憶
風聲在父親掌中牽引牛隻往前
我同時愛著，就像第一場雨
在一個被水灌滿的早晨，聽見聲音

而他們看我，卻未曾看見我

2021.07.05

花瓣

常想你那樣看我，鬆開領結
將雨水抖落在陰晴不定的午後
你微笑。默然無聲，遠遠地
天遂暗了。忘卻清晨夢囈
吹著寒風，遠遠遠遠地看你
這麼一整夜，讓時間過去
沒有離開的理由。淚是甜的
月光消失前，仍無法清醒
突然間，發覺我不應該在這裡

2021.11.27

夢鄉

月亮與大海，家與遠方
科爾托告訴巴赫：我將走了
也許，該和你說一聲

他走著，遇上一位女士，似曾相識
於是沉著嗓音、哼著曲調
回到房裡，把樂譜散開
又再一次感受這種感受
而後影子悄悄地把世界替過
看見日出，消失。

他愛過她，卻也不，因為那已過去
她找到了一個不在乎她過去的人
這種感受沾染了他
在每一條街道都睡去的時候
他一個人，越來越深
每個路過的人看著他，像一個夢遊人
他曾想，她會給他一個神情
卻只是經過，不斷地回望
原來竟是這樣。

他望著自己，穿透過黎明
又一個無夢的夜晚
白日有時隨天際浮沉，一個海市蜃樓
將他的告別之旅越駛越遠

他多想親自告訴她：別回頭了
那又將是另一種沉默，今此之後
路有兩種盡頭，通往空蕩的軀殼
透明地在此處迴盪，僅此而已

浪與風不斷地吹開他倆
彷彿也是一種曾經

2022.07.16

觸動

太陽把冰削得更薄了
某些遺憾在遊蕩之間呼嘯
「我正以思念向你致意
你或正在夢裡，我無意打斷
匆匆的夜晚多麼像暴雪」
希斯克里夫回憶著。

她愛過他。她有了別人的孩子。
他依舊如故。在這樣一個雪天裡，
每個家的窗戶緊閉著、書彼此靠攏

他撥弄火堆裡的灰燼，一封書信
不斷升起又墜落，他呼吸靜寂
他倆的情慾就在雪中飄搖
熨燙過清晨，夕落，及火的舌上
有時印在銀幣的反面，不真實
卻總在謊言中黯淡，有時天尚未亮起
他便又匆匆出門，留下空屋

這是一場搏鬥，與家鄉、與歲月
與一個過去的人，報紙帶來遠方的消息
他卻什麼也聽不見，恍若夢遊者
有時任足跡在冰層上盤旋，為了忘記什麼
遇見誰了，匆匆走過，裝作未看見
他是她遺落的第一個鈕扣。

她倒去花瓶裡的水，又斟滿
有人握住她的手，修正她的髮髻
回過頭，她隱微的側臉煥發著朦朧的光
原來，她得到的，他卻得不到
雪花附著在他匆匆的倒影上
透過一扇玻璃窗，他看見街燈熄滅。

2022.10.02

往前

白天對我就像黑夜
他們談論深冬，談論我們
而你對我說起低空飛掠的鳥
一切彷彿初受驚擾

我仍可以想起那雙眼睛
他們像是我皮膚上的雨水
你不在那裡，聲音卻響起
不具名，無法抗拒，令人著迷

光像萬花筒一樣燃燒
我知道一切都錯了
在人們談話的沉默之後
鳥兒在遠處離開我們

2023.01.31

窗前，日出廣場

偶爾看到戰機飛過高空
驚覺俄烏戰爭已經過了一年又五個月
眼前的窗就像鑽石表面
假如飛向我的不是眼前景色
而今我安然若雀，有人捨己
在前線，被血與汗浸濕之刻
身處惡夢

反覆說服自己這天已過
明日將至，北國的雪又會重新整裝

我的憂慮日益飄搖迎來新的太陽
異國歡顏在我身後舒展
我聽見無言歌，我看見向日葵
紛沓的人緩行，我正期待什麼
也許我和他只有一個念頭
讓這場戰爭結束

花瓣地雷卡在刺蝟的背
牆上靜物畫與燈暈彷彿遠方的死
曾經嚎哭，也曾肅穆
葬禮與心是否等重？

在這扇窗前默禱
生是什麼。

於我啊那是避不見面的過往戀人
無情的決絕，像眼神對水光思念
棄置，投訴於人海裡的一縷回望
但過於軟弱的我，只是恆常度日
在日出之前，我聽著鐘聲
思慮愛與黑暗
他和我同樣不言
相距甚遠

日常的瑣碎使我盼望，軍人的肩之上
沉重有如七月的雨水在土壤與天空間
雲霧，戰火，晝夜，雀鳥啼唱
我睡了又醒，就好像往常一樣
我見識過幸福

我翹盼公義的那日到來

廣場因自由與獨立起名
風之所以為風，雨之為雨
玫瑰永藏於明日的軍麾下
我在其中被保護

國之所以為家，生而為人
哀矜喜悅使我感到活著
無非如此

當我佇立在思想的廣場
迫切地去尋一個答案
我必述說勇氣與堅毅的過往，早於幽谷
那裡有黑夜在窗前，窗前卻有日出等候

閉上雙眼
成群結隊的人們啊

2023.07.31

專情

看珍珠耳環的光影絲毫不懈怠
任由你在我心灰影處織纏
一雙手的觸摸顯得索然
冰冷的眼睛或可在書籍裡囚困
我仍舊向你學習冷漠的技藝
倦怠地懷想起往昔，迷失
如何表露出複雜的神情
而不失態，向你速寫困惑
鏡中的像諭示駭浪的島
你我皆知沒有所謂絕對真理

每當晨起，每當夜臨
感到千變的世事鎮日消磨
痛徹地醒於殘暴與淪亡
可你忽而不再沉著，即便
命中的珠璣還尚未洞悉
我傾身向前試探舊約中的良人
這暗喜卻是竊取，未曾悅納
雲悄悄地遁走、燈也熄了響聲
赤裸的體溫在夜色中停滯
細雨也煥發無數道思想的隙

2023.08.22

成為女人

我說起想念，他說起天氣
並且拍落一些雪花似的塵灰
這似乎並不是夏季
他似乎很高興我告訴他
一個若有似無的撫觸
降落至地表
我感到暈眩

我邊走邊笑，邊走邊哭
瘋癲似的

我沒告訴母親
母親太傻
我僅有自己與血跡

然而他似乎並沒有說話
我感覺不出他的喜怒
這不是夏，卻有蟬噪
紋路與浮光與熱浪
有時候冷，是被他遺忘
遺忘是毫無盡頭的記憶

這是第三天過後
我打開窗，已是天黑
我也不曾遇見過他

我想起小時候最害怕的泳池
練習閉氣，練習呼吸
讓夏季就這麼過去了

2023.11.23

情懷

看見他在我面前
泉水與鐵軌
唯有如此細聽
我才會清醒
即便愛並非全然
必須以實相待

也許這是我想念的
一些名望的旅人
一些過客

一些鐵鍊與死亡
也許死亡是一種把戲
給予被囚者自由

他說他對我也許愛
也許不愛
轉啊轉，直至意識飛離
就在起舞的時刻
他站著一動也不動
也許深情已成過往

在眼神交會的時刻
他告訴我風霜是什麼
我想念那扇窗

在那裡面，有他經過
當他轉過身來
不會有雪飛來

2024.01.28

意義

他是我的空氣，大霧，煙霞，打火機
是我的街巷，廣場，窗台，點菸的手勢
我是紙糊的玫瑰，夜晚，燈暈，火車月台
是傘套，雨勢，是他經過的鞋印，泥濘
我也許不在任何他在的地方，然而我是曾經
曾經不能留下些什麼，曾經是過去的終點
而今的頹靡不意味些什麼，因為有他
在徬徨與焦急間等候太陽的再臨
因為有他，我所有的尋找已變得無盡
即便而今可能這對他並不意味什麼

我仍舊會在取捨間知道我倆終歸是地平線
在天地恆久區隔開來，而沒有聲音
因為還有我們之存在的可能痕跡
我持續地走，默默跟從，不去相認
知道無法並肩而行，也是因為曾經
我的盼望，因為有他，成為無法化解的寂寥
我並不確信在他冷漠的時候我該如何思考
曾經迷離的思緒將我牽引至別處
一如我曾經在這裡眺望遠方的風景
停下尋求他的答覆，我終於開始哭泣

2024.04.13

第二章

鏡像

Indescribable Beauty

I

天已暗，燈泡裡有黑鳥的身影
它們的柔軟在火中作響
像銀河反覆點燃一團烏雲
此刻——我背對你寫詩
被黑夜征服，在床邊，在夢境裡
而後被你天鵝絨似的手所包覆
雨落了下來，我有些害怕
在你注視的狂喜之中

II

我們必須冷卻，否則黑鳥
將死於黑夜的野蠻之下

早晨屬於殘酷的歷史嗎？
當蕭邦靜止，音樂家都沉默了
潮濕的睡眠裡我反覆甦醒
發現我並不是在做夢，只是流淚
並眺望，呼吸在十月的冷風
翩然起舞，猶豫地敲擊
露水正馴服草原，留聲機唱片
戰爭、是一隻昂首的黑鳥
睡在你身邊，羞紅著臉
降臨在一次又一次乏味的講稿

Ⅲ

虛弱而廣大的雪擲地有聲
一把槍上膛的凌晨，我寫道：
「黑鳥，浸淫在絕望的高度
所知甚少的正義，與遺忘相對。」
向上扎根，即敞開窗，倦意襲來
逼宮，有人在煉獄，有的人
在光的朦朧處、加冕，你臥床
讓我停筆，風在廣場吹翻我的思想
教堂內有人止不住哭泣
玻璃窗，獨立宣言，斷頭台

2021.10.26

兩隻鳥的快樂

那是兩隻鳥的快樂，人們
謹慎地親吻、交歡的大清早
啼唱穿透雲層
在初秋的晴空下獵豔
金色羽毛在光線角度的照射下
狂喜而哀傷，回憶而毫無未來
那短暫的慾望已轉為冷漠
邊界滿是鐵絲網，一個初生的嬰兒
被交給軍人的瞬間
我情不自禁地愛上他們，並且陶醉、與迷惘

耽溺其中

教授說：發生在二十世紀的巨變
難以區分情感與現實
恕我無法苟同，比起災難與宿命
戰爭與自由意志更使我顫慄
那是兩隻鳥的快樂，或者兩個看似敵對的陣營
當他們交歡，我注目著一切
在一個無法入睡的長夜，模糊的呻吟
穿透了我的島嶼，我處心積慮地想看清現實
然而揭不開那層面紗
他們的凝視比進入一個愛人的身體
更加沉浸與徬徨，毫不掩飾地在陽光下綻放

人們總意識到自己是被撕裂的一方
在死亡裡實現自我，在生存的內戰裡
與自己的人民搏鬥，那是無人得以剝奪的快樂
團結一些人對抗一些人
那是過去的我未曾想過的現實，或者未來
當交歡的兩隻鳥比戰爭更加殘暴
有時存活，有時為了存活
哀憫人們不幸的肉身，與殘喘
而後慎重地遺忘、彷彿他們曾經有原則地存在
在明亮的長夜裡選擇向軍隊投奔
並與之相擁、啜泣，但不再自由

大清早兩隻鳥啼唱，巧妙避開彼此的吻
軍人懷裡抱著人民的嬰兒

延續著虛無的快樂，羽毛被浸泡在太陽裡
此刻我愛著他們哀求的歌聲
殘忍地穿透軍人堅毅的神情，或許脆弱
灑落在嬰兒稚嫩臉龐
並不意味著死，儘管獨自活著
比起取悅
或許發聲更加痛不欲生

2021.11.11

活著

不要唸出我的名字
天空在移動、那裡有一個夢
你懷裡的春天短暫
我可不能在夜裡睡著

誰在翻起的領子後微笑
誰比誰重要，誰正精心轉譯
緊盯天空上的窗
誰偷走誰的光，那裡的風
仍舊在夜晚搜刮誰的名字

阿們，你說天上的那隻鳥
早已沒有翅膀，晚安
這經不起挑逗的春天，遇見誰
我們再沒有見到彼此

天空，是為誰而做夢
春天一去不回、一個模糊的名字
是沒燈火的夜晚裡
認不出的自己，黑鳥仍舊在移動
是誰落下了鑰匙？

2022.02.11

Pavane for a Dead Princess

一夜之間死孔雀在水面旋轉
暴露不朽的燦藍，髒雪永恆地墜
陽光滑冰似的、死在觀者臉上
今日彷若非比尋常、彷彿二月
戰爭的薄膜、就這樣被戳破

昨日的烏克蘭，飛行在一幅畫中
安靜地飄灑在透明的月亮上
輕薄地，是鄰居掃不去的一層霜
被俄羅斯人懸置牆上，當領土

已成為畫家不可留戀的葬禮

始終如此，人世的靈魂，繁華若夢
催眠這在床上勾畫月光的孩子
他的父親在高空，瞄準這一方窄床
觸不到真正屬於他們的財富，聽
晨鳥在黑暗裡正歌頌它的美麗

侵入世界的冷漠如此不幸
豔麗的夏季尚未來臨，如果有人
此刻肆無忌憚地微笑、流淚
儘管毫無理由，無疑是勇敢的
皆知曉更是痛苦使他們生存

生存啊，畢竟是沉默的歌者
穿梭在哭泣的人群，當談論絕望
每當憶起童年攀爬的那棵大樹
想著必須摘下果子，那樣意氣風發
即便那樣或許，更靠近死亡一些

2022.02.26

黑鳥——給主席先生

母親說她看見黑鳥。她將他藏在雪白的床單下
吻在如麥穗的辮子上結晶為鑽石，他觀看著
這年深春的列寧格勒，棕熊厚實如棉襖、利爪
刮磨著樹幹，羽毛，是否為雪？雪跡與血跡
天空在黑鳥行軍時遺落下的白玫瑰，雖冷且刺
那是一壺熱茶，星空因他藍眼睛的觀看從而融化
湖泊深不見底，母親的鋼琴正需要一位更好的調音師
餘燼。手掌。浮光。宇宙包覆掌心。他的水晶球
在他永無止盡的喪禮盤根錯節，蒼老更顯不近真實
他始終一語不發。相對於鬥爭，他始終不屑一顧

廣大的雪域，爆裂四濺的輝煌煙花，黑鳥飛過
冬就如此消隱殆盡。鏡廳與時間，他和母親
一枚轉動的戒指，不偏不倚的沙漏，盡是透明。

再見了雪。他與沉默。與蘇聯整個世紀相望。
高山、馬駒，遠處隱現的城堡。他迂迴走動
剔透如刀割的雪染紅了黑鳥，庇護消失了的苦痛
轟炸聲如夕照、殘輝和越來越少的孩子的笑聲
易使人誤入歧途。薄冰豔藍的氣息，金子般的流溢
母親告訴關於他的兩個名字，藍眼睛劃過雪松
他像在尋找，無可答覆的軟弱，因而似乎失去知覺
時間在雪與夢境間遊走，覆蓋在母親身上的毯
拋棄與放逐，所愛與反叛。這架年久的鋼琴
母親的囈語：主席先生，請賜予我們所要的憐憫

他觀看，不發一語，在柴薪間取火，熱的霧氣
黑鳥停駐屋頂，結束教堂的禮拜、鐘聲擺盪
確信不再有大雪的阻撓，他掩門，留下一道長影

2022.03.20

如夢似幻

I

黝黑的光雕鏤在城之間，飄雪
凝視等待已久的身影到來
煙火綻放在守夜人的晚禱下
正苦思，只因這夜比白晝更美
金色的群眾正晃蕩遠離堤岸
他背對我，如若這正是我來的理由
錯落緊湊的腳步，彷彿就將倒下
如若這彷彿是無法自拔，如若

濃霧掩在窗格，不打碎彼此的夢境
如若我不給他話語，因這夜將醒
如若我們都將伴著囈語離開
走上一條不似真實的未來歸家
讓不幸的愛情各啜飲其不幸
願時間默然無聲地緩緩走完

II

那璀璨近乎轉瞬即逝的漫街燈火
舞會過後，我在最後幾秒倒數
花朵的溫室裡沒有往昔身影
不會在葡萄園或海邊邂逅並且分離
一個遞來戒指的男人，悉知明暗交界
這已是閉幕式了嗎？他起身離開

Ⅲ

散場了，留下彩帶和酒的污漬
真實就像是畢業後手挽著各自的情人
向舊事物辭別，被群眾與歡笑簇擁
這瑰麗的懊悔時光，我空出房間
中斷鼓動與掌聲，此後成敗
在玻璃杯間，我們都將為彼此存活
霜雪自窗外聖誕樹燈串滑落
鎢絲燈泡在床邊，時暗時亮

謹記，此處黎明昏暗，浮華殞落
日昇在更高的所在不可阻擋
拾級而上，這敞開的門廊，貝殼殿堂
雨水濕滑，他不時聽見談話的回聲

迫切地針鋒相對，飄墜的斷羽貼上前額
功利間隔在理想與他之間，一扇門的距離
直至樹影庇蔭，群眾是他望出的窗景
我們遙遙無期，這遠方，未曾對視
輝映隨四季輪轉，銀灰色的鴿群飄起
並察覺到深不可測的目光打量著
迷離似曾相識，是啊，暴雨曾經臨至
為了趕赴下一場洗禮不惜沾上雨珠
心在暗處，言說或不言說，莫染埃塵
許久以後我已知道明亮不全是記憶

2022.05.13

戰爭

夢像月亮的鐮刀，含混鈷藍色的金
石子透明得如它身邊的雜蕪
死神夢遊著把他喚醒，他張開眼
如顧爾德自遠處呼喚賽巴斯汀的時候
他摸索著，變節，穿透過雪的長廊
恍若置身天平，他遇上了什麼人
夜晚冰得像一尊雕塑，苦思著情報
如果記憶，幽默如冰雹，突襲在仲夏
痛苦的另一面，也許是忠誠或貞潔

他並不知道，天空正要蒙住眼
這就像，騎上一匹未馴的馬，正義
並不一定會帶他去見深藏的那人
彷彿在乎，卻稱她為妓女，而實際上
早晨總在明暗交界，塵世髒如光輝
壓低的風，未乾的露水，逗引某派思想
她愛他彷若生命是為了輸掉戰役
白月亮還掛著，瞎眼，罪惡地亮著
悵然若失，以為是天使穿過他的房間

德意志，猶太人，保羅．策蘭和奧斯威辛
但他是囚徒，死亡待他比絲綢更加細緻
他們如此相近、既不忠誠、也不貞潔
擦去中國瓷器上的顏色，愛是鐵的戒律

月亮在她柔軟的胸脯游移著音調
影子，鏤空的薄紗在指間成為銀鑽
她總是想，初見的那瞬，他眼中的夢
僻靜，毫無未來可言，然而永恆地閃動
樹影不斷吹來，自由仍然遙不可及

2022.09.29

祈禱——為新年

我買了瓷器。它易碎、且華麗
來自歐洲不知名小鎮，那天下雨
有甜橙、丁香、糖與熱紅酒
深夜燈火是輝煌的漩渦，而風
撩動裙擺，和足尖的落葉。

這一天從何開始？遇見大約是
不經意，當你望了我一眼
一切的過去與未來全都變得渺小
想起往事、當然還有烏克蘭

當我在乎並且，開始為你改變

你是我眼目所及的光明，與驕傲
當然沒有親眼看過真正的雪
但我能摸得著，沉澱在你眼睛深處
閉眼，我能想像當你說愛的時候
晨雨滴入我的髮間，比我還美

2023.01.07

燦藍之夜

當人鬥爭，世間蕭條，飛鳥啄去金葉子
他為手間的雕塑上色
一種詭譎之美。

他是否將失去維生的技藝？
高空上的燈暈總使他想起菸斗
西裝和領結，使他突如卻步
使他消失於街角，他正等誰叩門？
無從知曉。皆知是空氣使餘火殘存。
今夜月光被他敲落在冰塊中

比這杯更醉人，他攤開身軀
縱容光線觸摸眼角和下顎
他觀看琥珀沉積和消融
襯托他的手掌。

工匠或是音樂家，無論如何呼喚
轉身之後他開始質疑自己
恍若鐘錶運行，縱使如何準確
雙手不僅是藝術家的深淵，如美
與夜推移，含蓄地銘刻於無形之處
他降下又高升，凝聚且顫抖
在女伶的煽惑和政客的鼓動之間
是否也未曾迷失？皆知群眾何等徬徨。

天空是雨後的。迴盪光和影。
燦藍和霧靄，風使大洋上飄起的水花
被流浪的飛鳥覆蓋，看不清旗幟
上天是否將重拾畫作的顏彩？
否則這天應如何終結。這夜或將醒
入睡前，雙眼仍舊緊閉
他的手在空氣中反覆辨識著黑白
始終一塵不染。

2023.01.25

給肯普夫*

煙硝的氣味與連日不變的白雲
我不確信哪個更虛無，好似我已離去
手提箱裡的韓德爾在黑暗中啜泣
遠方的女孩不再能輕易地辨識文字
錄音帶正在你的套房裡捲動
它們使我感到前所未有的絕望
也許竊聽是一門技藝，正如造物者

承蒙你的話語，你只練習正確的
假如偉大的人將除卻所有雕像

華美，壯麗的哭聲，也不屬於他們
假如世間冷如寒蟬我將選擇安靜
漂亮的地圖正移動它們的砝碼
子彈正像雨水落在黑女人的身軀
日復一日鍛造生活的夕陽也許並不壞

有時孩子被印在廉價報紙上出售
穿上好看的衣裝，流著滾燙的淚水
新品種的茶葉散發淡雅的清香
官員正平息國界永無休止的紛爭
我正因房間壞掉的音響而無可適從
夜裡的夢境啟發於與你神似的畫
有時我思索一片草原上的種子

自由的流浪，與所愛的人相見
究竟哪個才是奢侈？如果你能答覆
我將樂意地聽取見聞，我親愛的旅人
它們在我不經意的時刻被野鴿覆蓋
稻草人吸引痲雀，天空凝望翻牆者
告訴我，你思念這一切嗎？我正經歷
遇見試探，等待他來找我的那一天

2023.02.05

* 威廉．肯普夫（Wilhelm Kempff, 1895-1991）被廣泛認為是德國曲目的重要詮釋手，以及歷史上最重要的鋼琴家之一。

Either you are one of us

金色的日落沉入海底
在一個沒有風琴的房間
拉上窗簾，咀嚼講稿
這是途經大地的永恆一瞬

他降落，走下沉重的臺階
高昂的夜晚與碎紙機
他屬於萬變的寧日
等待風穿過衣領，站立

且讓眼睛流連於窗景
豔陽是死亡，雨水是葬禮
在沉痛的土壤之間肅靜
風吹有時，告別有時

2023.02.08

HWV 427: I. Adagio

在她眼前是一幅藍色的畫作
光點，煤氣，冬日，雨水
他的眼睛飽含情色，撫慰著她
他端詳她不知羞恥的掙扎
在愛撫之間日光漸變得灰藍
羽毛刷紅了她的面頰，雀鳥高歌
吻在窗的深處，他的肖像
是她的胸針、耳環與戒指
他們沉默地行進，她為他整理
遠了山頭，背離海水，不可測的
火柴與蠟燭的氣息猶在空中

這是他們共有的默契吧，她想
雲像蕾絲般飄散，襲捲過後
他的聲音在低處變了調，嘶啞
剪紙，炭筆，玻璃，穹頂
他們共有沉默，抵達靈魂的契合
天空又再次變色，如她柔粉
他悄悄為她抹去一些痕跡
重新鋪展，醉酒，漸層的光澤
未知的革命正在暗中進行
彷彿與她無關，隨即的毀壞
她與他對抗，彷彿明知無法抗衡
他感受到了獨裁的居高臨下
這天將歇，她為他命名，傍晚。

2023.04.12

醋意

不入睡的夜晚，不被朝陽允諾
時間的柔情輾壓過我的床榻
看窗光緩慢爬升至照片的方格
我才被今日的思想所召喚
然而，啟蒙是美的典範
隨你的舉止起舞，不自覺地
我的夢境經常反映一種醋意
因你而起，不安，你使我悔恨
時而被戰爭的宣傳語言渲染
清晨每個推開房門的時刻

以為你的身影將出現在街道
恍然，我的憂慮顯得多餘
真理無非是空對一面鏡的說辭
此生無法預見消解後的心思
我的家國正因距離而喧囂
它將被埋沒嗎？此際尚未辯證
墳墓是掌權的搖籃，世代更迭
我總想著你，踏足相仿土地
還會回來嗎？一旦你決心離開
現實是我們之間恆久的隔膜。

2023.05.01

遺忘

因為一個女人吻了他的臉
她把風從他手指上移開
寒冷的早晨裡隆冬暈散成雪
他抱著一把大提琴
溫存過後，像是鹿走過冰層
在她還醒著時搖曳他的頸項
也許那裡鄰近雪松的窗格
不著痕跡地降落，拂過鼻尖
在他臉上看不見她的眼神
碎裂後的霜雪沉悶地嘆息

那令人驚奇的盲眼謳歌
巨大的氣候庇蔭在他們身上
這女人被人間萬物所遺棄
卻殘留在他的弦聲裡

2023.09.23

藍

以為倫敦是遙不可及的藍
悄悄遁走，如鬼魅遊蕩人間
那些晃蕩的影子
在陰間纏繞，是雪在降臨前夕
使人感到富足
行走的每一步都是地獄
被鞋跟與燈火壟罩
街邊的人群即是孤寂的風景
只要望向玻璃
即可看見某種遙遠

金色的魂，但飛高的鳥經過
把所有的藍都吹散
鐘聲帶著顫動
渾身冰冷
盯著海面
看見影子正張開嘴唇
絕望地吞沒深冬的哀愁
彷彿在愛人的床前耳語
只剩下一股氣息
永恆地辜負生命

2023.10.31

我想念他的臉，甚至沒有盡頭

在思索的現實之前
海的色澤回返雪上屋簷
夢境渴望行旅
風休憩在雙肩
餐桌前的爭執沿著軌道
煤炭與斜影，火紅的奶油
他在建築物的上方
直到有人低語抬起步伐遠離
母親不對我說話，因為傷害

父親抬頭沉默如窗景
只有兄長訓斥我
霓虹與後照鏡，燈串與聖誕樹
司機的對講機，細碎的歡笑聲
沉默是毫無言語的內疚
我聽著他們討論
法國軍官的言說
眼前的一切事物正掀開壟斷的浮塵

他說彌賽亞
今天
我重回他的身邊沒有爭戰
願旨意成就
時間是人群眼前的光，恆久的鞭笞

我買了他的書
我看著刀片滑過牛肉
一個跳躍的孩子奔向道路的轉角
有一瞬間我閉上眼，為了不看見

2023.12.04

永恆

永別了，但你已經到來
苦澀的雪花，武裝的大地
離開所有奄奄一息的
因而我夢，將要沉沉入睡

我漫遊在沉睡的言說中
嬰孩的呼吸，寡言的聲音
共享河水的萬丈光芒
憂鬱我夢，毫無淚水流淌

未曾有詩妝點過你
飛禽的垂憐，無垠的走獸
彷彿並不置身何處
徹夜我夢，未曾見你

2023.11.29

未來

燈火闌珊，而那人消失在茫茫人海
未來不再與他有關
一直到天明破曉
我思想著他
就這麼驀然回首
還看不見他的身影
我想著清醒
在模糊的夜色裡留下一盞燈
淺淺的說話
與他是初次見面
卻不理解眷戀

單薄的街道同時敞亮了許多
可是依舊沒變
鳥啼，不屬於時代的時代
緊接看車輪悠悠行過，那麼無聲
我曾是無知，前途是一片蒼茫
有過他卻不曾相見
雲還是水流，夢還是泥濘
一如愛還是遺憾
還是啼笑皆非
可必須停在這裡
無論日子多麼昏黃
不再習慣有他
向過去道別，倉促，失神的一瞬

2024.04.25

第三章

天空

Lacrimosa

星塵絕望地粉碎
我觀摩，終日以淚洗面
等待宇宙審判我負罪之身
腕上的十字架卻如灰燼
多麼無畏殞滅
生如銀河末，死若玻璃花
當冷雨滑落悲傷交界地
世人望塵莫及

2020.03.09

拒於門外

八月在我胸口繡上紅字
如此度過餘生
愛啊，你是無名氏
誰能不為你屏息、躍動
直到化作塵土之前夕
理智仍訓誡著我們
神啊，我有罪
輕易犯下不可饒恕的歡愉
傷害、遺棄與罪孽
無時無刻鞭笞我肉體

如那晚乞求你
請別將我拒於門外
我將保守此秘密於墓園裡長眠
但請別棄絕八月的苦難
那晚我夢見殘忍
不斷擲向刑場的碎石
焚燒的道路盡頭令人畏懼
但或許清晰可見
如此痛苦地
犧牲此等神聖的尊嚴

2020.03.12

D-Day

當父親手握方向盤
凝視鏡子裡的我，問：
「什麼樣的人使你崇敬？」
我即刻沉默，看向窗外來往的車流
憶起小時候牽著他的手，落雨
想闖進車陣的那天

這雙手教會了我許多事。

握筆、寫字、翻書

反覆將我推入手術室
為我蓋棉被，將陷入昏迷的我
推著輪椅送進病房
提起筆寫封長信給我
當父親不願說話
無法凝視我

幼小的我意外打破花瓶
仰望，滿臉失望卻揚起笑容的他
我撿起碎片試圖拼湊他的愛
他阻止我，此刻如果殘缺是美
如果我不是完全

長大後，我總刻意不看他
當旁人向我的文字投以欣羨神情
或向我的臉，以憐憫
但每當凝視鏡子我總看見他

父親的眼裡有深淵，有飄雪
當他握筆、寫字、翻書
如果風骨使世人景仰，如果
智識不因面臨強權而退卻
而如果，我像他
我的手裡總該抓著什麼

什麼樣的人使我崇敬
當父親，未曾鬆開牽我的手

而我未曾選擇旁觀。

2020.06.06

BWV 1005: III. Largo

「sei solo.」我說。

入夜暴雨浸濕墓誌銘
周圍花草好似因感到寒冷而顫抖
你無法抑制地，守在門廊前
思念從未那樣捎帶絕望臨至
卻不讓你隨它走
唯獨賦予稀薄的空氣
令人難以屏息

當決定賦予意義
直到它在意識裡無法被取代
好似終於放下
緩慢讓提琴離開頸肩之間
凝視持弓多年仍舊不忍抽離的手
你憶起難以忘懷的過往
復又，輕閉雙眼

循著琴聲來處，只望見你
沉思般皺起眉頭
群眾抑制呼吸無意間發出的嘆息
一如崇敬天空之上巨大存有
倘若美僅只容許注視
即便俯視，猶無法褻瀆

暴雨之下我們皆孤身一人
嚴密、飽滿而壯烈地隨風起伏
宛若手抄譜裡的結構
以旋律的圓滑襯托瑕疵
畢竟遺憾更傾向深邃
回憶如此，人亦是如此

「sei solo」彷彿在巴赫面前
此刻，無人足以完整

2020.06.12

所愛的反叛

奧拉佛的手離開琴鍵
陰影被漸弱的午後拉長
他的背脊宛若懸日
朝入秋的高樓和車潮下沉
流光緩慢湧向夜裡的向日葵
水霧晃蕩，一場夢境
探問我是否將殘喘餘生
像八月般被迫流亡
抑或，選擇於愛裡叛變

水滴被雨刷重重擊落
街景如沙畫般無法靜止
不可測的明日反覆將我湮沒
彷彿仍是歸家的末路
父親總那樣告訴我：
「不只有詩，生活裡
還有現實。」

現實裡我終究別無選擇
過去當詩句在生活裡叛變
仍舊能聽見的雨聲
已像逝去的路途般無法復返
生活之詩，詩之現實
流亡才得以回去

我所鍾愛的，奧拉佛
擁有我從不知曉的絕望
他或許將在八月的落日下
將雙手擺上琴鍵彈奏
當我在現實中沉淪
他仍舊將像日出前的夢境般
告訴我：「——生活裡，
還存有詩句。」

2020.08.26

在冬夜，一位詩人

他消失了
沒有留下一字
我不認識他，從不
他是銀的天空、大地
在我所到之處
我寫關於他的一切
容我如此，將他留下
我只是一位詩人

他或將在冬夜讀詩

在無人，在沒有銀色的地方
我將出現在他眼前
至少他不動聲色
像我們悉知的那樣
他先啟口，我們不是初見
在我年輕的時候
他已老去

我看進他銀色的雙眼
裡面黯淡無光
藏在他身後的一切
像是找不到
但每個冬夜，每當我想起
情不自禁地唸出他名字

像詩句
不容於世俗

我，一位與世脫節的詩人
自從他走近
銀的光圈圍繞我
沿著路走，他將不遇見我
像詩存於生命
我們終將彼此消失
如此冬夜
什麼也沒離開

2020.11.19

西蒙與佩羅*

I 生之欲

裸色玫瑰，束縛雙手
慾望氾濫鐵窗後
我窺看高過自身的所在
稚嫩臉容安睡月下
以稻稈汲取雨露
轉向我蕩漾的目光
情竇初開，不知所措

我是父，生命的根源
不可抗拒的憐憫
除了搖籃裡嬌小嬰孩
世上再無光明
請在苦難趕赴前離開我
絕不被黑暗看見
如何深藏胸懷

II 兩者之間

我不真正處以死刑
左手審判，右手施恩
誰將跪倒親吻我的手背
誰就將流血
此處，生死匯流

乾涸的嘴與靈魂征戰
永無止盡地渴求

背負十架而來
我解開潔白衣襟
所有知覺皆重回肉體
那是罪嗎
染血的鳥在我胸前屏息
再沒有比犧牲更痛
比殉道更加艱難

III死之嘆

薄布覆蓋我下身
賦予前所未有的滿足
我蒼老、冰冷

高貴而無法取代
俯身探尋世間真理
游移每一寸褶皺的肌膚
彷若無法復返

起風了，天際之外
什麼值得我留戀
許久不見光明的雙眼
有沒有一天
足以適應黑暗，直至
走出一處沒有遮蔽
那令我不再熟悉的世界

2020.11.27

＊羅馬人的慈悲（Caritas romana），講述了女子佩羅在其父親西蒙被監禁並被判處死刑後，秘密地用人乳餵養父親的故事。

Mr.

鵝卵石，一種隱喻
近乎奢侈的藍
折射在冰塊與陶瓷中
蜻蜓是玉的質地
這一切被水打磨、滲透
我的記憶，除你以外
皆背離了隱喻

你觀看這一切
深不見底

玻璃彈珠、絲綢之路
由針所牽引的光絲
你超乎我所詮釋
裂縫裡的鏡子
那些我、深淵的自我
被風吹到角落

我們深諳
但仍伸出了我們的雙手

2021.06.18

白日夢

一種看來很美，對人而言卻太困難的，純淨

(A purity that looked/ like beauty and was too difficult for people.)

——傑克・紀伯特〈一年後，給琳達・葛芮歌〉*

她吟唱聖母頌，伏在鋼琴上，在他身下呼吸
陰雨的雲層於濃重前挽起遠山亂髮
牆上顫動的樹影使整個釉料翻覆
昨夜才漸入初冬深處、聽不見雷聲
她推開他，光還未完全熟透，她靜止
試圖冷卻，彷彿是晨鳥因疏離了喜悅而流淚
一幅被凝視的畫。灰塵的天空、紅絲綢

從未因她狂亂而膽怯的眼睛而碎裂
卻在這斷的喘息間延宕、凝滯，轉而甦醒
這春，遂蜻蜓點水似的濺起，好似繾綣
殘忍勝於殺戮。他從不專注吻她的額
蘊藉水霧，浮泛著另一層影像，比她更廣袤
毫不掩飾。那不僅是屬於兩人的靜默
他的另一個她熟睡如夏蟬，薄雪傾覆晚秋
一切又回歸原處，恍若他們決然棄守
再無氣息殘留。時間和夢、日與年
此時此刻，她微弱地望著他，沒有無常驚擾
她在夢中見了他一面，無法不屏息
不為什麼，正如他從不真正傾訴什麼。
他是她退無可退的海潮，吞沒著她的湧動
恆常冰冷、失溫，唯有他使她感到存有
那是教堂裡失去面孔的人們、不貞的救贖

每當來到她的面前，漠然而不懺悔
玫瑰窗，墜落身旁的子彈，失翼的天使
他引誘她，他們是複瓣的夕陽
交疊在草葉底醇美的露水，不再肅穆。
那是她最後一次，在鏡面裡看見他
彷彿垂老、朦朧的水紋在他臉龐
所有關於他的歲月早已遺忘、如夢凋萎
他們的死，讓記載經書上的磨難仍舊璀璨
無非是刑求，抑或禁慾，使他們完整。
倘若塵世的歡愉並不意味純淨，那麼
直到審判，直到世紀的終了，直到被帶離
她仍會將胸膛坦露，倘若他仍不懊悔
這無止盡的罪惡、與寬容，不過是匆匆一瞥。

2022.03.14

*傑克・紀伯特（Gilbert,J.）著、陳育虹譯：《烈火》，臺北：寶瓶文化，2018年。

無論我如何啜泣，一張鏡子——給無名氏

冬季，鏡子裡的雪，刺眼
飄飛在額上，紛落的十一月
我行走，漫無目的，近乎透明
當我捽碎、活著，是什麼絆住我
疼痛給予我愛，愛使我啜泣
唯一使我冷靜的是，他不愛我
他愛誰呢？這也許是我窮極一生
無法得到答覆的追尋，歲月
鑿開陽光下的冰，盲目且清澈

2022.08.29

蒙蔽

如在天堂。他的聲音。聖若望。
我以這麼輕巧的字句呼喚他
眼淚之歌沒有沉鬱之美、聖徒
常以雙膝向聖瑪利亞致敬
消亡僅只是大地乾涸的象徵
誰得荊棘冠冕，誰被蒙蔽
他靜止、默想玫瑰經如雕鏤神像
仰望畫像使光明也為之靜謐
眼睛是否為對上主不絕的貪求？

2022.12.27

頌歌

她笑得像瑪利亞一樣安靜。
星辰在夜空熄滅了響聲
彷彿為了迎來這亙古的初遇
若瑟靜坐了整夜，不說話
仰望，低頭，流淚，靜默。

欣喜彷彿嘆息，燭焰緩慢飄落
頰上的花瓣與外頭的風霜
清晨的光亮除卸了所有重擔
他們敬畏，彷彿無法言語

雪花，細細地洗刷一切苦難。

水滾了有一陣子，她睜開眼睛
手指劃過軟布，輕柔地覆蓋
細微，多彩，絕倫的一種樂音
那不可觸及的靜美沒有距離
降生如若琴瑟，如若夜落。

2023.01.05

Beyond

我夢見靜置的金光在鴿子胸前
交疊，一幅堅決的畫，仿若受難
也許那是對於寧靜的渴望
汲汲振翅，卻不全然地擺脫這光線
我在等待投降，等他轉向我
雨卻下了嗚咽不止
毫無盡頭可言

我有些不敢，不敢看他
這是一雙流不出淚的眼睛

可我心是碎的
他說愛
如我可被他失去
可能明日我會甦醒，而後遺忘
像鞭傷
隨流逝而綑綁，隨枷鎖成為時間
慢慢安靜

他走了
雨卻下著
卻沒有著地
飛行可能是為了明日，明日像夢一樣
他的夢與我的夢
是光朝向萬物

是絕對的真理

2023.11.08

我背對他，因他愛我

瑪利亞

今年我不去見你。
為此我將泣不成聲
我時將去
人事已非
我已無再尋求至上
這已非我所求

入睡的
冬季，聖詩，玫瑰

我低頭看進
無玷的
犧牲，苦難，景象
執迷於人世
默存於此地

2023.12.08

Dr.

低頭時散雪不在樹頂
崎嶇的路沒有月光行參
酷暑在五月放浪上個世紀的夢
我在窗邊尋找歐洲

也許那是一個遙遠的午後
政客們不得到擁戴
異鄉的人民望著屋子
只得偷偷咀嚼不滿

可能情婦的流火印在臉上
詩的倒戈也懷著隱忍
無人得以控訴荒淫
因為革命家有其抱負

假如自由是絕美的想法
殺戮意味向前邁進
信念是被庇護的嘲諷
鐵幕從來未曾消失

以上帝的應許給他們麵包
服從於指揮家的手勢吧
我知道權威如何作祟
供給於渴求的心智

附庸的島未曾聲張
庸碌的大地呼嘯自己的主張
生存無須痛苦的決斷
呼籲有時急如風暴

雍容不復在，現實只重來
清醒的狀態癡迷於學識
日復更換過的腦袋
黑夜在臉上留下鞋印

2024.05.12

那人

戀的十四行啟蒙——致阿福・佩爾特《鏡中鏡》*

I

以指尖反覆撫觸光下漫長的身軀
精準落入星空的寒冷音色
為速度謄寫的地址，是你
你是意識裡和弦的稜鏡
指腹緩緩舒展肢體，生澀凝結
停留於淚水廝磨，緩衝的靜默
別問我彈奏你的意義

II

當單音敲響午夜的愛沙尼亞
不斷重覆向你湧去的語言
你該知道我是陌生的島嶼
將漸弱於潮汐，慢慢變得更古老
更讓你感到徬徨
好像一種倒裝的語法遠行
忘了故鄉，忘了你

永晝驅散無光的夢魘
使幽暗森林不再堆疊心智
渴望脫離對方影子的我們
越過思想古城
在製輿者手中獨立

彷若奏曲家與樂器纏綿之際
卻擁有各自的領土

為祖國久遠的歷史調音
嘗試在異地放逐熟悉的語調
重新找回自己
如果我是你指尖的鍵
我將為你所遺忘唱出救贖
終於在彼此凝視下
觸及深埋雪地的創痛

Ⅲ

你用純粹的十四行詩
作為答覆，證明從未對我動念
當我為你朗讀卻望見
你瞳孔中尚未離巢的雛鳥
隨著音節振翅，向下一頁飛去
我遂拾起飄落的翎羽寫譜
聽見遠方鳴鐘迴盪天際

我們專注於戀的啟蒙
在鏡的反向相互探求自我
再於理論中解脫
諦聽呢喃禱詞

屏息等待雲霧散去
因為深知在時代照亮鏡像之前
我們皆與世脫節

2018.04.02

＊《鏡中鏡》是20世紀作曲家阿福・佩爾特（Arvo Pärt, 1935-），離開愛沙尼亞之前，創作於1978年的曲子。

倘若再給我三天光明*——To Louisa

I

今日我向神祈禱，我說：
讓我再一次以
微笑，以夏日芬芳
以潔白棉麻裹身
焚毀於阿波羅胸膛
那沁心喜悅
烈日下流溢的俊美線條
只要觸及那專注神情

世界將為之癲狂
多年以前，他尚未啟口
我亦尚未抬頭
無人仰望天際，萬籟俱寂
他那沾染顏料之手
撫上細緻紙面
至於我，我仍端坐窗前
捧著單薄書頁
剎時流星劃過冰湖水
我們共同仰望同一片星夜，
祈求上蒼，滌淨那初次相遇
這是第一日。

II

為了再一次遇見
記住他，低迴不已的水流
由輕淺至深處激盪
來自遠空之箭穿入石縫
水仙瀑布般遍滿山坡
我身猶如月桂
只為他撐開雙翅，為他加冕
當他來到岸邊屈膝
波紋透視我寡言靈魂，銀鈴之眼
那發亮棕髮、淨白肌膚
柔軟如孩子的額頭
使萬物無止盡地流濫

午後豔陽照射在他熟睡的面頰
醫治人間所有腐朽與疾苦
宛若神所差遣的牧羊人
他教導我歌唱
無須懼怕狼群、黯夜
他的懷抱就是廣袤領土
昨日已遠，我願
日夜謹守此心。

Ⅲ

夜慘澹
盛夏，他宛若不朽日升
遠高於天際
我將否認陰影之存有

因光亮在床枕無邊無際
畢竟遙不可及，畢竟
離別已降臨
不，當命運不再尋求至深和煦
即便夢境也將輕易消逝
終有一天我將不再想起
那麼，請別說話
使回憶沉默如未見
日照尚足、塵土清晰
我的雙眼緩緩模糊
無論衰老、貧病或是飢寒
無論青春、康健或是富足
當他走入我的眼中
帶走最後一絲吐息

無人再能給我光明
我心將盲。

2019.07.10

* 詩題取自海倫・凱勒（Helen Keller, 1880-1968）的名篇《假如給我三天光明》。

窗邊的女人

雪漫天，銀霧靄
燈暈飄過鏤似的足印
玻璃窗邊女人赤裸
胸前一團白鴿銜著爐火
撲向他黑的眼睛
這些年窗邊的女人容貌不斷更迭
不曾被記得，這些年尚未來得及燃盡
卻不斷安葬此地的無非
是那無處藏身
落也落不盡的雪

他黑的眼睛從來只看向畫裡的女人

杏花般無法裁剪的向晚
色澤帶血，比不過女人笑起來的模樣
割耳的弦月浮在爛然星夜
是女人墮淚時背對他的模樣
當清晨似夢一樣破開
屋內只剩女人裱框的畫像

窗邊的女人從不笑
至少在他眼前，只是輕吟向他索求
但畫裡的女人總是朝他笑
即令在他們冷得發顫的年歲
她是他的夢囈、骨骼

一場無法相望的雪

屋外積雪越發深
必須再朝爐子裡多添些炭火
他黑的眼睛裡紅熱的光
卻也埋藏不了窗外雪的影子

2020.05.06

觸鍵

雪，被黑暗壟罩的銀葉子
降落在玄武岩上發出清脆的響聲
意識飄盪於青木原樹海
密林中洞穴，穴裡冰池凍結
我伸出指尖摸索冰塊
沾黏的燙如剝落了一小片肌膚

童年記憶中的人造雪
彷彿未被燃亮的水晶吊燈
僅只幽微地存有於黑暗

無論我選擇觸及，或不去觸及
皆恍若虛構
卻美得此生絕無僅有

生命是樂章
我反覆以變幻的觸鍵詮釋
若雪以恆常的無常降臨
同黑暗中那雙演奏的手飄零
是否仍舊如最初憧憬
還是，它將是遺憾

2020.05.26

無言歌

你無度地揮霍來自北國的霜雪
它遺棄你，讓你離開
髮絲結成冰晶宛若生鏽刀片
凍僵欲裂的手撫觸穿梭街道的心臟
玫瑰的暮色面頰乾涸似火
擺盪酒瓶中探詢你的唇
人們往燈火的方向走
只有你溫熱著無人在意的霜雪

歸家比做夢更不切實際
北國的黑夜像銀色草原，總在你身後
夜晚總一如以往般深邃艱難
即便你已然無法回頭
細而碎的雪花飄墜屋瓦
行刑隊於斷牆前停留片刻
你已不知道做夢只是數算著存活
無盡地耽溺於融化的痛感

當你試圖抑制它將更為燒灼
它佔有你，讓你抗拒
風聲打在你耳邊像女人的哭嚎
你別無選擇地臣服於破曉
凝視曦光迸裂刺穿你承接的掌心

你的雙眼隨金絲掙扎有如垂釣
彷彿聽見了來自北國的呼喚
缺氧般你無助地大聲喘息

無人告訴你尋求的意義
你只是渴望證明北國已不再需要你
霜花默然無聲地為你送行
於你而言所有雪都來得太晚
生存像一場徒勞的白日夢做完即忘
它不會記存也不會等候
自此你只是遙望著它的方位
而它從未捎來信息

2020.07.10

新頁

星期三，當燕子低飛
絕望地追逐日常的時候
築巢的屋簷下，母親正遺忘自己
那雙無須辯證而明亮的眼睛
辦公桌前昏沉的光暈未曾足以
在初秋轉涼的午後
擾亂她的清醒

雨落了，蛛網結滿水滴
羅勒新葉慵懶地捲曲

山的輪廓飛濺在整片玻璃窗前
我反覆摩娑指尖，翻動書頁
一如撫摸她殘雪般的細髮
不遠處傳來列車駛過軌道的響聲
規律而渾厚，似風以迅即之姿
穿梭於不可知的未來之間
——如此轉涼的絕望的午後
電話這端我聽見熟悉嗓音
道出蓄積整夜，憂慮成真的信息

母親反覆揉搓薄荷與迷迭香——
以那因家務而厚實的掌心
輕覆我的面容，香氣喚醒記憶裡
無法被雲層覆蓋的遙遠午後

「將要下雨了。」她說
注視緊貼路面急速滑行的燕子
她的雙眼因期望而發亮
看向天空，我疑惑地等待
我們耗費整個午後辯證，保持專注
「那是為什麼，人們渴望預知
將要發生的事情。」即便
多數事情總不會實現

在轉涼的午後下班歸家，母親從容
重複說著令我心憂的信息
懷著不安，聽門外直落的細雨
夾藏細碎的爭執聲：「無須辯證，」
她那樣柔弱且堅決地訴說

以那雙因蘊積飽滿而明亮的眼睛
「我只是深信明天，一種豐實的
呼吸，注視朝陽初升的片刻
像燕子絕望地追逐日常」
偶爾帶來，比哀傷更充沛的降雨
在漫長的夜晚昏睡過後
「終將睜開眼睛。」畢竟
命運未曾駐足

2020.09.10

徬徨

「我要如何把持我的靈魂
乃至不同你的靈魂相接？
我要怎樣舉它到比你更高的事物處？」

——里爾克〈情歌〉*

「跟從你的心，」你命令我
交託直至無窮遠的位置
或許我該在背棄之前，否認陰暗
只允光燦沉寂這地
我背向你，從不掙脫、乞求

乃因著死而又生的物事
以及復燃的灰燼

我深信碩大的言語
如何它變得堅定，不容撼動
假如靈魂是你所應允的
那麼，絕望容納其中
不從你而來的試探
是如何在我們的軟弱中
看待，擺放無可避的往昔

生命未曾退卻，我心卻有徬徨
使遠方與塵同歸於未知
如凝視鏡面而不偏離形象

彷彿貫注，傾聽流動
是等待風過去的唯一方式
當我回應你，以啜泣
所有驕傲皆不再是懷疑的理由

2020.09.21

＊里爾克（Rilke, rainer Maria）著、秀陶譯：《最好的里爾克》，臺北：目色文化，2019年。

失去

菲爾德，你說你曾失去
星空。曠野。領域。
你所說的失去使我迷失其中
鮮花。雨露。大霧。
迷失的本質與意義是什麼
深處。心跳。枷鎖。
什麼使我們存在
凝望。相信。呼吸。
倘若反而是死亡使人平靜呢
微笑。雨季。陌生人。

平靜之後我們不再說話
孤寂。憂鬱。絢爛。
話語如何給予你想像
艱澀。高深。間隙。
你可以想像我的疼痛嗎
鋼琴。目光。著迷。
如果你因疼痛而明白
菲爾德。菲爾德。菲爾德。
明白我的索求，當我不再坦承

2020.09.25

床邊記事

梳髮，端茶，看書
像芭蕾那樣行走
解開積滿塵灰的簾子
任輕飄的思緒盈滿內室
義無反顧地回頭
照著鏡子

偶爾風晃過
斑駁的牆，半露的吊扇
幼時催眠的音樂盒

書堆無人聞問
送給鄰居的老鋼琴
仿若還在

散置床頭的日記本
黑眼睛玩偶
出自無名的書法
房中一切不動
門窗依舊
而我徒有陰影

2020.11.01

牧神的夢境

風過蘆葦，光掠雲影
天空已遠離了俗世
晨曦迷亂一瞬
她——席琳克絲
隱微地浮出水面
悄無聲息，我的雙眼
是如此輕薄
竟隨隱現蘆葦中的胴體
游移，無法收回視線
而她那無瑕的裸足

顯得近在咫尺

比鳥羽輕，她乳的側影
垂露般朝天空鼓翼
多麼渴望佔有
同時等待一場獻祭
那灼熱的我的眼睛
在拉頓河與蘆葦緊密交纏
使她不變的意志
發出微響

但且讓我們保持眷戀
堅守五月
讓苦難廝磨大地

讓吻與嘆息，靜謐與淚
懸停綻放的唇邊
當我的心臟為她停止躍動
俯聽祈禱的神
早已在廣袤的夢境裡
寬恕不貞的我們
啊，席琳克絲，我已無法
自由地呼吸

致命的夜晚降臨
拉頓河水波粼粼
倒臥在蘆葦叢間，我靜默
觀看她褪去衣裳
她的嗚咽，彷彿蘆笛

我撫弄那久久縈繞耳際
不絕的樂聲

萬物皆已入睡
唯有她——席琳克絲
神聖，璀璨，憂鬱
雨水滑過她的面頰，孤獨地
隨泥濘漲落的蘆葦是她
天空那樣冰冷、絕望
等待拉頓河畔拂拭眼睛
歲月使我們耽溺歡愉的苦痛
長眠於遺忘與徒勞
獻出僅存生命

2021.04.14

Lascia ch'io pianga

I

讓我為自己的殘酷命運哭泣
將凍霜視為荊棘
從嚴寒之中痛苦的甦醒
粉碎不可動搖的心臟
如何從您眼中看待我的悲傷
為捉摸不定的命運嘆息
靈魂囚禁在不朽

但微笑卻消失於無形
像塵世藏匿幻想中
使我無法脫身

II

您正尋找著痛苦
雨飄升在浮華夜裡
昨夜的夢啄了我的眼睛
一朵鳶尾花蘊藉抵抗之淚
飛鳥在溪流中照見天際
我所見的星斗是您眼中的太陽
未曾擁有、何來失去
即便世界如此慘淡
晨曦將透出不規則的珍珠

上帝會看到的，真理

2021.10.01

破裂的壺*——致維森特．阿萊克桑德雷

我從未這樣愛過你
你這樣念出我的名字，我生命中唯一的意義。

假如，掙扎是一種飢渴的訴求
如溺水者，因為感受到莫名的喜悅
恐懼、而搖撼，失去肉體
我並不感到過多的遺憾
美人凋零的時刻，月光緩慢地移動
像琴弓懸在雨的頸上
吻比骨還深的夜晚，一如既往地貪婪

你的拒絕使我與眾不同，沒有什麼在我身上
使白晝幻滅，這天

我在長廊深處踮起腳尖
不聲不響，穿過一條安靜的街道
外頭墮落的陽光撫摸整個鳥群
世人凝視著我，看不見我們
當你疲倦的面對這面鏡子
雙手，彷彿無邊無際，野鴿
棲歇在塔頂。

永別。那些未曾謀面的。
燦爛的日子裡伸手就能觸碰到血
沉默與沉默、失蹤和陰影。

累了就閉上雙眼，
世界轉瞬即逝。

2021.10.14

*《破壺》是讓・巴普蒂斯特・格瑞茲（Jean Baptiste Greuze, 1725-1805）創作的一幅油畫作品。

玻璃花

"He is her Edwardian, her organ, her frost, her hands."

「他是她的愛德華時代，她的管風琴，她的凍霜，她的手。」

雨、玻璃，或已入睡。
一串斷了線的珍珠
藏在凝視背後
澀味像雪，赤裸雙腳
但永遠不被發現。
鏡子裡遠方仍舊是遠方
誰也不曾留下什麼

光落在鐘罩之外
床沿盡是陰影

2022.01.19

給加百列的信

我是下墜的嗎，夜晚
晚安，晚安，冰涼的床昏昏欲睡
他告訴我明日，明日的夜晚再談
三點，五月十三號，五月的夢
釘在離去的天際中心受死
我什麼也沒夢著，夢見瑪麗
一道陰影無法恆久的喜悅
情慾的，哀歌的埃塵，塵封的
一個哀傷的夜晚，一千個將臨的晨
眼睛的空洞，我，沒有凝視冰

告誡加百列別勸戒靜默的若瑟
遲些這封信，不譴責他們
昏黃的布羅茲基沉沉的離去
夜晚的消沉靜止的盡頭
沒有墜落的騎士，只有天使長
羽翼的風包圍枯萎的啜泣
瑪麗走了，克里斯凝視著雨
也沒有再臨，都已逝了
哭泣的雨沒有一千個響聲
盛開的雷聲啟示他的起誓

2024.05.13

後記，一篇日記

"I'll always remember him,
even though I don't know what the future holds.
In my most bewildered moments,
it's when we're together."

「我永遠記得他，
即令不知道何謂未來。
在我最茫然的時刻，
即是我倆同在的時刻。」

&

若將時日向前推演，我也不知道從何說起，只得以想起一些片段的某些時刻，在我的生命中佔有一席之地。不知道應當說給誰聽，可是就像在歐洲的大教堂裡，人們永遠不知道被留下的是什麼，但我還是選擇在這個時刻，像是為了遵從某個很重要卻一時想不起來的諾言，我還是來到了這裡。

未來的我們已改變了不少，可是只要看到比此生更古老而重要的建築被保留下來，我還是會忍不住想，時間真是一種悠長、揮之不去的感受，等到我不在了的時刻，時間也還是靜靜地流動著。可能正是如此吧，我總是等待，直到變成了往事，我還是靜靜地看著。

因為不可逆，無論我再如何想留存，注定成為歷史。即便我想知道，與一個人的記憶，那麼真實地映在眼眶裡，可是不知道為什麼，似乎有一股力量將記憶抹去，那麼他呢？他也會自此消失在我的此生，不知道緣由地，不告而別，而我的記憶，又像是時間那樣，輕輕地打轉，並且沉默地走開，可是我卻那麼拼命地想記住他。

他彷彿已然離去許久，不再存活，我的呼吸、躍動，彷彿已不再與他有關，儘管他就在那裡。我常想他那樣摸索，天尚未亮的時候，他確實不知道我的存在，一如我過去確信的那樣。我們的時光在他手中，像鳥舒展牠的羽翼，為了湧向天際的更高處，為了尋求無意義的救贖，為了證明什麼，為了不留下什麼。

我將每一天懸置，於是這天又將要結束，我經歷所有的虛度，卻無法言說為何樂此不疲，當有一天我為生存而懺悔，意識自己已然失去了與他的過往，我仍然會感到掙扎。那些無法言說的情感、傾力克制的神情，就像天空那樣遙不可及，他帶給我的回憶如此微不足道，以至於天空裡的一切全然亮了，驚心動魄的困惑也隨之消散。

一天的開始直到一天的終結，虛幻而毫無邊際。那些難以抽離的情緒，那些無關緊要、隱隱約約的色塊，像是一塊拼圖，我看著他，卻找不著他的位置，倘若有人能告訴我，那將是我畢生所幸。在此之前，種種過往唯有消失在天空之下。

&

聖誕節將要鄰近了，櫥窗與商店街紛紛浮現一種溫柔的氛圍，似乎足以將所有的失落與不寧靜，因為節日的溫暖與熱鬧，變得虔誠而謙卑，然而在我內心深處還是有許多的疑惑，不知道如何能適當地傾訴。每當聽聞戰爭的消息，在新聞中被傳閱或是播報，那種不自覺地發抖，不知道是因為寒冷還是害怕，抑或是偶然間觀看到哭泣與令人心碎的場景，與街頭上辛勤勞動的人們，或是大城市裡在角落蜷曲身體的流浪者，似乎在我心底烙下極其深刻的陰影。

經常在街道上靜靜地觀察行人，有時我成為他們的一部分，但大多時刻我像是局外人，浸泡在自我的思想裡，刻意地規避行人的注視，彷彿唯有內在的流光溢彩，才是我所矚目的焦點。許多動人心魄的時刻，水花般在我生命之中暈染開來，我十分地疼惜回憶，讓它們成為影像，或是文字，似乎我確實能留住它們似的。然而我確實地知道，因為我的性格給人產生一種孤僻的印象，難以融入人群之中，而人們對於與我初次見面的想法，應當是一個安靜的人吧。

大多時刻，我的纖細與敏感，不能被旁人理解，容易使人們產生誤解，對我自身而言，也不太自在，經常在陰雨綿綿時哭泣，若是有人給予我一些溫暖的言辭或是回應，我會確實地打從心底的高興。令人感到反差的是，我不只喜歡靜靜地聆聽音樂，我也喜歡唱歌，曾經是合唱團的一員，總是在女高音的聲部，也曾經參與競賽和演出。

因為合唱團，我發現自己竟然有個極其瑰麗的夢想，喜歡舊時代的音樂，小時候極其短暫學過的鋼琴，總令我念念不忘，懷著那樣的情懷，初次踏進了國家音樂廳。印象最為深刻的一次聆賞經驗，是福爾摩沙合唱團在2023系列音樂會之四《聖誕音樂會》上，在去到音樂廳之前，我已經事前做好了功課，更學會了其中的一首曲目，*The Sleeping Child*，這首樂曲是由 Bob Chilcott 所作，當中的歌詞是來自 Charles Bennett 的現代詩作。在第三段歌詞的前幾句，它是這樣娓娓地訴說：

我夢見一條流淌的河水，深沉如同千年，
它的魚是凍結的憂傷，水流是苦澀的淚。
（I dream a flowing river, deep as a thousand years,
Its fish are frozen sorrow, its water bitter tears.）

這種將文學與音樂結合的形式給了我靈感，因此音樂不僅只是這部作品之中的一個部分，它們同時催生我詩集，給予我啟蒙，賦予我天賦，讓我在撰寫詩歌的同時，也能保持著一種高度。在我的出生地，書寫著所嚮之地，也將使我面對文學的同時產生崇高的想像，正因遙不可及，它往往是無邊際的，卻往往令我自身撼動。我總在想，假如我的作品能夠打動讀者，這也許比個人的獨自低語，更能給予作品力量，我想說的是，關於我寫作的企圖，絕不僅只是一場獨角戲，希望也能透過音樂邀請讀者，在閱讀或是聆聽之中，找尋自己的經驗。

為了呼應我所身處的時代，和位置，我的生命，和盼望，我將書寫的幾首詩歌集合成冊，完成了《鏡子裡的那人》這部詩集，永恆地感念於內在與外在景象的美好。對於我在碩士的住宿生活裡，周圍彷彿以極緩的速度慢行的人事物，深刻地影響了我，我試圖隱藏他們的身影在我的作品之中，如今成書，彷彿得償所願。關於基督宗教的敬拜，激昂的情緒，以及信仰中的人們，以慈愛和包容眷顧著我，使我感激在心。關於天主教的彌撒儀式，漫長而神秘的靜謐，窗外的火車經過軌道的聲音，讓我對於宇宙萬物重新有了感受與詮釋。

對於哲學研究我所知的，以及涉略不多，但它們的思想卻自然而然地呈現在我的作品裡面，也許是因為來自我對於人性的理解，以及探求，反覆翻掘自身的信念和陰影處，在詩裡面，也如實地將之呈現。然而我必須要說的是，對於自我的存在，經常感受到與外在世界的疏離，似乎也影響了我在寫作上的判斷，反叛與控訴，也是我在寫作裡運用到的筆法。若說到浪漫主義，也許這來自於我個人的審美標準和感性，或許讀者們會發現我在寫作中帶有大量的綺想，也是因為我對於中古世紀精神的喜愛，以及尚且懷抱著羅曼蒂克心靈的緣故。

不可否認的，電影影像和繪畫也是我在寫作時會引用的文本主題，除了序言所提及的，這部詩集裡更隱含眾多的互文文本，以及潛在的、影響我的藝術作品。一如詩集封面，使用的是蔡爾德・哈薩姆（Childe Hassam, 1859-1935）的畫作〈午夜雨天〉（*Rainy Midnight*, 1890），印象派的風格似乎也是我這本詩集的關鍵字之一，對於光影和氣氛的敏銳捕捉，聽覺和視覺的輕盈觸摸，驅使我著手描繪內心風景的變化。

在藝術領域之中，詩歌經常就像一位先知的角色，若要說出真理，但真理究竟是什麼？似乎是很抽象，卻又那麼的見解獨到，似乎跨越過現實去凝視生命的本質與意義，而顯得複雜得多。另外，若是說我的作品也帶給讀者相仿的感受，可能是因為如此，因為詩歌，我彷彿乘載一種使命，無論是對於戰爭的擔憂，以及所處世界的變化，似乎能夠透過詩歌靈敏地察覺問題，卻並非揭示，而是引領讀者思考，或是在我僅限的角度和眼光中，感受一種人類經驗與情感的波折。

感謝諸多影響我的師長和同輩寫作者們，使我完成這本詩集，也感謝讀者們，是你們的視野使我的這本著作別具意義，願你們得以在一本已完成的書裡，得以享受其中，得到閱讀的樂趣。如果我能向你們訴說一個夢，關於秋季，當所有似曾相識的景色重回，我做了一個美夢關於某年冬季，雪花飄灑在相機的鏡頭，我伸手撥開雪花，發現除了銀色，雪花還染上淡淡的藍，黏著在螢幕前，學生們都像是嘉年華散場後的開心，那種安靜的質地。我想起觀看冰雕的時刻，我輕輕地嚐了一口棉絮，冰晶在灼熱裡像駭麗的童話，久久地沉醉於舞蹈，夜晚鋪展光亮像螢火被包覆在雪花之中，這些瑣碎的片刻直到清醒，仍舊魂牽夢縈。

二〇二四年十一月七日

立冬，靜好

附錄／詩作與曲目對照表*

序章

詩題	曲目．作曲家
〈後悔〉	Look Inside Yourself．Edvard Kravchuk
〈他心如詩如歌〉	The Poetry of Earth (Geophony) [Visualiser]．Max Richter

第一章　水光

詩題	曲目・作曲家
〈前夕〉	Etude in E major Op. 10 No. 3 · Frédéric Chopin
〈尋他〉	Life Story · Ólafur Arnalds
〈昨天的雪的歌〉	Vocalise, Op. 34, No. 14 · Sergei Rachmaninoff
〈花絲〉	Piano Concerto in G Major, M. 83 - II. Adagio assai · Maurice Ravel
〈止於癡迷〉	I Need You Lord · 2020 Hope Valley Worship
〈練聲曲〉	Vocalise, Instrumental Arrangement, Op. 34, No. 14, 1912 · Sergei Rachmaninoff
〈消亡〉	Après un rêve (Gautier Capuçon, cello) · Gabriel Fauré
〈Vater Unser〉	Vater unser · Arvo Pärt
〈花瓣〉	Cinema Paradiso - Love Theme · Ennio Morricone
〈夢鄉〉	The Late Recordings, Vol. 2 (Recorded 1947-1949) · Alfred Denis Cortot
〈觸動〉	Adagio From The Concerto In F Minor · Alfred Denis Cortot
〈往前〉	Demain Dès l'Aube · Les Frangines
〈窗前，日出廣場〉	A Bad Dream That Will Pass Away · Luke Howard

〈專情〉	Adagio (After Bach's Violin Concerto No. 2, BWV 1042) · Johann Sebastian Bach
〈成為女人〉	是什麼讓我遇見這樣的你 · 白安
〈情懷〉	Thème de l'absence · Philippe Rombi
〈意義〉	Harpsichord Concerto No. 5 in F Minor, BWV 1056: II. Largo (Arr. W. Kempff for Piano Solo) · Wilhelm Kempff

第二章　鏡像

詩題	曲目 · 作曲家
〈Indescribable Beauty〉	Piano Concerto No. 2 In F Minor, Op. 21 - 2. Larghetto · Frédéric Chopin
〈兩隻鳥的快樂〉	Memories Of You · Saeko Seki
〈活著〉	Du Träumst · Isobel Waller-Bridge
〈Pavane for a Dead Princess〉	Pavane for A Dead Princess · Maurice Ravel
〈黑鳥〉	Theme from Koyaanisqatsi ('Life out of Balance') music · Philip Glass

〈如夢似幻〉	Suite No. 3 in D Major, BWV 1068 - II. Air · Johann Sebastian Bach
〈戰爭〉	Goldberg Variations, BWV 988: Aria · Johann Sebastian Bach
〈祈禱〉	Where Is Your Heart (From “Moulin Rouge”) (Arr. for Piano) · Dario Müller
〈燦藍之夜〉	The Arts and the Hours (Transcr. Ólafsson) · Víkingur Ólafsson
〈給肯普夫〉	Handel: Harpsichord Suite No. 1 in B-Flat Major (Set II) , HWV 434 - Minuet (Arr. Kempff for Piano) · Wilhelm Kempff
〈Either you are one of us〉	Weep You No More, Sad Fountain · John Dowland
〈HWV 427: I. Adagio〉	Keyboard Suite No. 2 (Set I) in F Major, HWV 427: I. Adagio · George Frideric Handel
〈醋意〉	Suite No. 4 in E Minor: IV. Sarabande · George Frideric Handel
〈遺忘〉	Pavane pour un infante défunte, M. 19 · Maurice Ravel
〈藍〉	Enigma Variations, Op. 36 - Theme. Andante · Edward Elgar
〈永恆〉	The Sleeping Child · Bob Chilcott
〈我想念他的臉，甚至沒有盡頭〉	Dinner and the Ship of Dreams - Henry May Long OST (2009) · Max Richter
〈未來〉	La Donna Romantica (Instrumental) · Ennio Morricone

第三章　天空

詩題	曲目・作曲家
〈Lacrimosa〉	Lacrimosa(Requiem)・W. A. Mozart/S. Thalberg
〈拒於門外〉	Ágúst・Ólafur Arnalds
〈D-Day〉	D-Day・Rui Massena
〈BWV 1005: III. Largo〉	Violin Sonata No. 3 in C Major, BWV 1005: III. Largo・Johann Sebastian Bach
〈所愛的反叛〉	Ágúst (Living Room Songs)・Ólafur Arnalds
〈在冬夜，一位詩人〉	Concerto in D Minor, BWV 974 - 2. Adagio・Johann Sebastian Bach
〈西蒙與佩羅〉	Air on the G String Piano (arr. Siloti)・Johann Sebastian Bach
〈Mr.〉	Für Alina played by Jeroen van Veen・Arvo Pärt
〈白日夢〉	Ave María (De Giulio Caccini)・Giulio Caccini・Vladimir Vavilov
〈無論我如何啜泣，一張鏡子〉	Für Alina played by Jeroen van Veen・Arvo Pärt
〈蒙蔽〉	Je suis d'Allemagne - Je suis trop jeunette・Johannes de Stokem
〈頌歌〉	Orchestral Suite No. 3 in D Major, BWV 1068: II. Air・Johann Sebastian Bach

詩題	曲目．作曲家
〈Beyond〉	Beyond Bach · Gabriela Montero
〈我背對他，因他愛我〉	She Remembers · Max Richter
〈Dr.〉	Lara's Theme - Dr Zhivago · Maurice Jarre

第四章　那人

詩題	曲目．作曲家
〈戀的十四行啓蒙〉	Spiegel im Spiegel · Arvo Pärt
〈倘若再給我三天光明〉	Facile · Kevin MacLeod
〈窗邊的女人〉	Matthäus Passion: Erbarme dich · Johann Sebastian Bach
〈觸鍵〉	Merry Christmas, Mr. Lawrence · Ryuichi Sakamoto
〈新頁〉	Romance (from The Gadfly) · Dmitri Shostakovich
〈徬徨〉	What Gorgeous Thing · Chad Lawson

〈失去〉	Field · Evgeny Grinko
〈牧神的夢境〉	Orchestral Suite No. 3 in D Major, BWV 1068: II. Air “On a G String” (Arr. for Piano) · Johann Sebastian Bach
〈Lascia ch'io pianga〉	Lascia ch’io pianga · George Frideric Handel
〈無言歌〉	Dame Kiri Te Kanawa sings “Vocalise” · Sergei Rachmaninoff
〈床邊記事〉	Nocturne Op.27 No.2 in Db Major (Moravec) · Frédéric Chopin
〈破裂的壺〉	Theme From Schindler's List · John Williams
〈玻璃花〉	Fawn · Tom Waits
〈給加百列的信〉	Für Alina, for Piano Solo · Arvo Pärt

* 所有詩作和曲目的順序，在每一章節之後，寫作日期由前至後排列。

讀詩人179　PG3144

鏡子裡的那人

作　　者　葉相君
責任編輯　孟人玉
圖文排版　黃莉珊
封面設計　王嵩賀

出版策劃　釀出版
製作發行　秀威資訊科技股份有限公司
114 台北市內湖區瑞光路76巷65號1樓
電話：+886-2-2796-3638　傳真：+886-2-2796-1377
服務信箱：service@showwe.com.tw
http://www.showwe.com.tw
郵政劃撥　19563868　戶名：秀威資訊科技股份有限公司
展售門市　國家書店【松江門市】
104 台北市中山區松江路209號1樓
電話：+886-2-2518-0207　傳真：+886-2-2518-0778
網路訂購　秀威網路書店：https://store.showwe.tw
國家網路書店：https://www.govbooks.com.tw
法律顧問　毛國樑　律師
總 經 銷　聯合發行股份有限公司
231新北市新店區寶橋路235巷6弄6號4F
電話：+886-2-2917-8022　傳真：+886-2-2915-6275

出版日期　2025年1月　BOD一版
定　　價　320元

本書為「113年後山文學年度新人獎」得獎作品

讀者回函卡

Printed in Taiwan

國家圖書館出版品預行編目

鏡子裡的那人 = The man in the mirror/葉相君作. --
一版. -- 臺北市 : 釀出版, 2025.01
面 ;　公分. -- (讀詩人 ; 179)
BOD版
ISBN 978-626-412-041-8(平裝)

863.51　　113018373